SERREZ-MOI FORT

COMTÉ DE BRIDGEWATER - LIVRE 4

VANESSA VALE

Copyright © 2017 par Vanessa Vale

Ceci est une œuvre de fiction. Les noms, les personnages, les lieux et les événements sont les produits de l'imagination de l'auteur et utilisés de manière fictive. Toute ressemblance avec des personnes réelles, vivantes ou décédées, entreprises, sociétés, événements ou lieux ne serait qu'une pure coïncidence.

Tous droits réservés.

Aucune partie de ce livre ne peut être reproduite sous quelque forme ou par quelque moyen électronique ou mécanique que ce soit, y compris les systèmes de stockage et de recherche d'information, sans l'autorisation écrite de l'auteur, sauf pour l'utilisation de citations brèves dans une critique du livre.

Conception de la couverture : Bridger Media

Création graphique : Period Images

1

 ACHEL

Même si j'étais née et que j'avais grandi au Montana, je n'avais jamais vraiment compris l'attrait pour le rodéo. Les animaux, les combattre, attacher les chevilles des petits veaux aussi vite que possible. Mais alors que je regardais ce cow-boy chevauchant le taureau massif, les muscles de sa poitrine ondulant sous le tissu de sa chemise alors que ses bras se gonflaient sous le tissu tendu, je compris enfin. Il se balançait d'avant en arrière, s'équilibrant et s'alignant avec les mouvements saccadés de la bête énervée, le bras tendu au-dessus de sa tête.

Bon sang, c'était donc ça !

Je poussai un cri alors le taureau ruait sur ses pattes arrière, non pas parce que j'avais peur pour le cow-boy mais à cause de la façon dont ses cuisses se contractaient sous son jean pour qu'il rester droit. Jean, je pourrais ajouter, qui laissait peu à l'imagination. Tout ça était stupide, complètement stupide. D'une façon ou d'une autre, grâce à ce taureau, tous mes fantasmes s'étaient activés en regardant ce festival de testostérone.

« Voici une serviette en papier ». La voix de ma sœur coupa ma rêverie. Je me tournai pour faire face à Emmy, qui réussit malgré tout à paraître élégante et classe dans une jupe en jean et un haut fluide même lorsqu'elle était enceinte de huit mois. Elle tendit une des serviettes qu'elle avait attrapées quand elle était allée chercher un cornet de crème glacée.

Je fronçai les sourcils. « Pour quoi faire ? ».

Emmy sourit. « Tu baves un peu ».

Mon froncement de sourcils se transforma en une grimace. « Je ne bave pas ». Je me détournai et essuyai subtilement les coins de ma bouche au cas où.

« Si tu le dis, sœurette ». Je n'avais pas besoin de la voir pour savoir qu'elle avait levé les yeux au ciel. Même si elle était plus jeune, Emmy avait l'air d'une sœur aînée, toujours au courant de tout. Mais bon, elle était celle qui était bien mariée avec un bébé en cours tandis que j'étais encore profondément enracinée dans un célibat sans fin. D'une certaine façon, cela semblait lui donner un avantage qui annulait mes deux années d'ancienneté.

Emmy s'était mariée à Bridgewater, ce qui signifiait qu'elle était une mariée chanceuse avec deux hommes protecteurs. Comme tous mes frères et sœurs, elle avait un grand cœur et la tête bien sur les épaules et je ne souhaitais que le meilleur pour elle. Sauf maintenant. Alors qu'elle léchait sa glace, l'air incroyablement béat, je me demandai pour la millième fois comment ma petite sœur capricieuse avait réussi à décrocher non pas un, mais deux hommes, quand je n'avais pas réussi à décrocher un second rendez-vous depuis beaucoup plus longtemps que je voulais bien me l'admettre.

Ce n'aurait pas été grave, si ça avait été juste Emmy qui avait un bébé, mais j'étais la seule des six. Tous mes cinq frères et sœurs étaient mariés avec des enfants, ou dans le cas d'Emmy, avec un enfant en cours. Deux de mes frères s'étaient également mariés à Bridgewater, mais le reste avait suivi les traces de mes parents pour suivre une voie plus traditionnelle. Un homme, une femme. Et tout le monde avait trouvé leur « moitié parfaite » ou bien « moitiés parfaites ». Emmy n'avait que vingt-quatre ans et mon frère, Zach, s'était marié à vingt et un ans. Mes parents disaient toujours : « Quand tu sais, tu sais ».

Eh bien, je ne le savais *pas encore*.

Honnêtement, je me fichais du genre de relation dans laquelle je me trouvais - traditionnelle, Bridgewater ou autre - je voulais juste en avoir une. Non pas que je sois désespérée de trouver un mec. Non, je ne me morfondais pas dans la maison en rêvant à un homme. D'ailleurs, je ne voulais pas juste un homme, je voulais le bon homme... ou les bons hommes. J'avais eu des relations, mais jusqu'ici il n'y avait pas eu d'étincelle, pas de personne avec que j'avais eu envie de revoir. Donc, j'avais abandonné en quelque sorte. Je n'avais jamais été à l'affût, mais je n'allais pas aux bars avec mes copines le vendredi soir pour choper. Enfin, je n'étais jamais allée chercher un coup d'un soir, mais je cherchais quelque chose. Et ça n'avait pas marché.

Pour cette raison, je n'étais pas vraiment folle des garçons, mais j'étais définitivement folle des bébés. Je n'étais pas vieille, mais je pensais qu'à vingt-six ans, je serais dans le même bateau que le reste de ma famille. Mariée avec des enfants, ou bien enceinte jusqu'aux yeux. Zut, Emmy aurait son bébé avant moi. Ouais, ça faisait mal, pas que je le lui dise ou que ça se voit. C'était mon problème, pas le sien. Ce n'était pas de sa faute si elle avait trouvé deux gars qui l'aimaient et qui voulaient créer une vie avec elle. Fonder une famille.

J'avais tout prévu. Collège, études supérieures, puis fonder une famille. Bien sûr, j'étais jeune, mais je voulais une grande famille et cela voulait dire commencer tôt. Mais d'une façon ou d'une autre, à un moment donné, mon plan de vie avait déraillé. J'étouffais un soupir alors que je me retournais pour regarder le cow-boy canon ramasser son chapeau dans l'arène pleine de poussière, le soulever et l'agiter en l'air. La foule applaudit et acclama alors qu'il sortait par le portail. Même son derrière était sacrément canon, moulé dans son jean confortable. Il le portait bien et ça moulait ses fesses comme il fallait.

Bon sang. Emmy me donna un coup de hanche, me surpris de nouveau. « Tu devrais y aller. Te présenter ».

Je la regardai comme si elle m'avait suggéré de monter sur le dos du taureau et de faire un tour. « Me présenter ? Au dresseur de taureau ? Je ne pourrais pas faire ça ». Emmy me jeta un coup d'œil. Nous avions l'air similaire avec nos cheveux brun clair et nos yeux noisette mais elle était plus petite de plusieurs centimètres. « Pourquoi pas ? ».

Je haussais les épaules. Parce que *je ne pouvais pas*. Je n'étais pas comme Emmy. Elle n'avait aucun problème à aller voir des hommes inconnus et à flirter - enfin, elle ne l'avait pas fait avant de tomber amoureuse de Rick et Kevin il y a deux ans. Ils étaient des mâles alpha dans l'âme et ils étaient les seuls hommes avec qui elle flirtait maintenant. La boule de bowling sous sa chemise le prouvait.

Mais ce n'était pas moi. Je n'avais jamais été douée pour flirter et les hommes super attirants avaient tendance à me rendre nerveuse. Non, je devenais toujours idiote, bégayante. La raison pour laquelle j'étais encore célibataire était finalement assez claire.

« Tu es intimidée, n'est-ce pas ? », continua Emmy. Mon Dieu, elle était trop amusée par mon malaise. Certaines choses ne changent jamais.

« Par ce type ? ». Je lui indiquai la direction qu'il avait prise. « Absolument. Tu l'as vu. Il est ... incroyablement beau. Bien sûr, que je suis intimidée ».

Je ne prenais pas la peine de le nier. Nous savions toutes les deux que j'étais la personne réservée dans notre famille. C'était comme ça que je voyais les choses. Emmy et mes autres sœurs m'appelaient « sœur prudence ». Ce qu'elles ne savaient pas - ce que je ne leur avais jamais dit - c'est que ma méfiance envers les hommes beaux, enfin, pratiquement tous les hommes, n'était pas seulement parce qu'ils m'intimidaient. Ça allait plus loin que cela. Je savais que s'ils se rapprochaient, ils voudraient se *rapprocher*. J'avais tenté le sexe exactement une fois et cela avait été horrible. *Effrayant*.

Au lycée, il y avait eu un gars. Un bon gars... ou c'est ce que j'avais pensé. À notre troisième rendez-vous, il avait supposé que nous ferions plus que simplement nous embrasser. Il avait mal compris. Je n'étais pas prête à passer au niveau suivant, mais il n'écoutait pas. Ses mains s'étaient promenées partout sur mon corps, malgré mes protestations et mes faibles tentatives pour le repousser. Il avait été trop fort, trop déterminé.

Je frissonnai sous le soleil de juin. Dieu merci, ma camarade de chambre était arrivée, car qui sait jusqu'où cela aurait pu aller ? En l'occurrence, il tâtonnait et caressait mais n'arrivait jamais à enlever mon pantalon. Pourtant, l'expérience m'avait laissé un mauvais goût dans la bouche chaque fois que les rendez-vous commençaient à devenir trop intimes. Je m'immobilisai. Paniquée. Mon estomac se contracta en repensant à la sensation des mains de cet imbécile sur ma peau et peu importe à quel point j'étais attirée par un mec, je ne pouvais pas m'empêcher d'y penser lorsqu'un homme se penchait pour un baiser.

Inutile de dire que l'intimité n'était pas exactement mon fort.

Cependant, je ne dis rien à Emmy. Cela n'aurait pas fait de différence. Sa bouche se contracta.

« Va le saluer », dit-elle. Ses yeux étaient remplis d'une espièglerie familière. Le genre de regard qu'elle avait l'habitude de lancer juste avant d'entrer dans n'importe quel piège qu'elle avait posé pour moi dans la chambre que nous partagions.

« Pourquoi ? ». Mes yeux se plissèrent. Elle ne me pousserait pas à flirter avec n'importe quel vieux type. « Est-ce que tu le connais ou un truc dans le genre ? ».

« Un truc dans le genre ». Elle hocha la tête, à peine capable de contenir son rire. « Toi aussi. C'est ton nouveau patron ».

Je clignais des yeux sans comprendre pendant un moment, mais ses mots montèrent jusqu'à cerveau.

« Mon patron ? ». Ce spécimen masculin parfait était mon nouveau patron ? Emmy travaillait comme directrice d'un ranch local, Hawk's Landing, depuis l'obtention de son diplôme. Elle partirait dans quelques semaines pour accoucher et ne prévoyait pas de retourner à son travail. Depuis que je venais de déménager après avoir terminé ma maîtrise à Denver, Emmy avait demandé à ses employeurs de me donner le poste.

C'était un bon travail dans mon domaine et j'étais reconnaissante de l'opportunité. Mais maintenant... Je fixai le grand homme viril qui s'était dirigé vers les écuries et j'essayai de calmer les papillons dans mon ventre. Eh bien, maintenant j'étais nerveuse pour plusieurs de raisons.

Je ne pouvais pas travailler pour un homme comme ça. Comment étais-je supposée interagir avec un cow-boy magnifique tout en restant professionnelle ? Je serais une imbécile bégayante et hésitante rien qu'en le voyant.

« Il n'est pas un monteur de taureau professionnel ? ». La façon dont il avait pivoté et secoué ses hanches sur ce taureau me fit me demander comment il pouvait s'en servir, s'il me chevauchait moi. Le soleil était-il tout à coup devenu plus chaud ?

« Nan. Il le fait juste pour s'amuser ».

Pour s'amuser. Pour séduire chaque femme consciente, plus probablement.

La voix d'Emmy était pleine de rires. « Si tu penses qu'il est magnifique, attends de rencontrer son partenaire ».

Je me retournai pour voir si elle était sérieuse. Elle l'était. Oh merde. « Il y en a deux ? ». Mon esprit se mit en branle. Deux hommes canon seraient mes nouveaux employeurs. Oh, Seigneur aidez-moi.

Elle hocha la tête et passa un bras autour de moi alors qu'elle me dirigeait vers les écuries. « Allez », m'exhorta-t-elle. « Tu dois bien rencontrer les propriétaires un jour ou l'autre. Tu pourrais aussi bien te présenter à Matt dès maintenant. Ce sera fait ».

Je la regardai avec appréhension. « Pourquoi, c'est un connard ou quelque chose ? ».

Sa tête retomba alors qu'elle laissa échapper un grand rire comme si je venais de dire quelque chose d'hilarant. « Un connard ? Non. Matt est doux comme un agneau. Je voulais juste dire que tu ferais mieux de le rencontrer maintenant, dans un contexte décontracté, avant qu'il ne devienne ton patron ».

« Je ne sais pas ». Je me bloquais, traînant des pieds pendant qu'elle essayait de me tirer dans sa suite.

Elle s'arrêta et je faillis trébucher. Retirant son bras de ma taille, elle plaça ses poings sur ses hanches alors qu'elle se tournait pour me faire face avec son regard de mademoiselle je-sais-tout, que je détestais. Principalement, parce que quand elle était comme ça, elle avait généralement raison. Comme maintenant. « Rachel Andrews, si tu n'as pas le courage de rencontrer cet homme, tu ne pourras gérer son entreprise ».

Je serrai mes lèvres, espérant qu'elle ait tort. J'avais besoin de faire ça. Je devais déchirer le pansement et me débarrasser de mon stress. Stress qui était complètement infondé. Elle avait travaillé pour Matt pendant des années et je n'avais jamais entendu parler de lui en mal. Nul doute que ses maris le pilonneraient s'il blessait les sentiments d'Emmy, et auraient tout fait pour la protéger.

Je manquai de courage. Très bien, j'irais à la rencontre de mon patron magnifique à s'en décrocher la mâchoire.

Je lui fis un bref signe de tête et avant que je puisse changer d'avis je me dirigeai vers les écuries. Tout droit, je pouvais le faire. Je pris une profonde inspiration.

Je peux le faire, je peux le faire. Je chantais ces mots encore et encore jusqu'à ce que j'entre dans l'écurie bondée, la puissante odeur de foin et de chevaux me chatouillant le nez. Il y avait un certain nombre de cow-boys poussiéreux et en sueur, mais tout autant de groupies légèrement vêtues qui pullulaient comme des moucherons.

Comme n'importe quel autre sport où il y avait des hommes puissants et attirants, il y avait des femmes qui cherchaient à coucher avec eux. J'étais trop habillée en comparaison. Je portais des bottes, un jean et une chemise à boutons rose pâle. Je n'étais pas frileuse, du tout, mais je n'allais pas me balader à moitié dévêtue dans un rodéo poussiéreux. Pas comme toutes ces femmes. La plupart portaient des chemisettes ou des t-shirts moulants et des shorts courts. Une blonde plantureuse à ma droite ne portait très clairement pas de soutien-gorge. Il ne faisait pas froid du tout, mais ses mamelons pointus tendaient le tissu comme si on était en plein hiver.

Je détournai les yeux, jetai un coup d'œil sur l'attroupement, essayant de trouver mon nouveau patron. Comme c'était la fête du comté, il n'y avait pas que le rodéo. Je n'arrivai pas à voir Matt, je ne rencontrais que les regards curieux des autres cow-boys et des femmes qui étaient accrochées à eux.

Je tirai sur le bord de ma chemise et baissai le menton alors que je me dirigeais vers la brèche. Je me sentais ridiculement déplacée. Je n'étais pas la seule femme à porter une chemise boutonnée, mais j'étais la seule à ne pas la porter ouverte jusqu'au milieu de ma poitrine pour dévoiler un soutien-gorge en dentelle. Je ne n'avais certainement pas ma place ici, mais j'avais déjà fait tout ce chemin. Il n'y avait aucun moyen d'abandonner maintenant. Emmy ne me laisserait jamais vivre en paix. Je rencontrais juste mon nouveau patron. C'était tout. Il n'était pas un cow-boy con. Il était mon patron.

Mon patron. Mon patron. *Mon patron.*

2

ACHEL

Finalement, je l'aperçus. Matt, devrais-je dire. Il avait un nom et c'était Matt. Ou M. quelque chose, et ce n'était pas M. beau gosse.

Il parlait à l'un des autres cavaliers et même s'il y avait des groupies qui voletaient à proximité, il ne semblait pas les remarquer. Je me forçais à faire un pas dans sa direction, puis un autre. Un pas de plus et il m'aperçut. Oh, mon Dieu. Ses yeux étaient gris acier et ils atterrirent sur moi avec l'intensité et la précision d'un système de guidage de missiles. Pendant une seconde, je ne pouvais plus respirer et mes jambes flanchèrent.

Mon patron. Mon patron. Mon patron.

Tout mon corps semblait se détraquer pendant que ces yeux m'évaluaient. Sans détourner le regard, il dit quelque chose au cow-boy qui s'éloigna.

La voix était libre. Il attendait que je finisse de traverser la courte distance entre nous. Ses cheveux noirs avaient pris le pli à force de porter un chapeau de cow-boy et sa peau était bronzée par le soleil. Ce n'était clairement pas un homme de bureau; gérer Hawk's Landing était un boulot de plein air. Ses traits étaient presque parfaits. Presque. La légère crête de son nez et la sévérité de sa mâchoire ajoutaient juste suffisamment d'imperfections pour le rendre réel. Et palpable.

J'avalai un excès de salive. D'où me venait cette pensée ? Cet homme était mon boss. Ou il serait mon boss. De toute façon, il était intouchable. Oui, mais j'étais attirée vers lui comme par un faisceau phéromones.

Passant ma langue sur les les lèvres, j'essuyai mes paumes moites sur mon jean et redressai mes épaules. *Agis avec assurance, confiance en toi.* C'était ce que ma sœur aînée, Sheila, répétait. J'espérais que Sheila savait de quoi elle parlait.

« Eh bien, qu'est-ce qu'on a ici ? », dit le beau cow-boy en s'approchant de moi. Matt. Il s'appelait Matt. J'avais besoin de garder la tête froide. Pour la millionième fois, je me rappelais que ce mec était peut-être un cow-boy, et oui, il était sexy comme pas deux ... mais il était aussi mon patron. *Mon patron !*

Son regard passait sur chaque centimètre de moi, de mes bottes en cuir bien usé jusqu'au sommet de ma tête et partout - oui, partout - entre ces deux extrêmes. Sa mâchoire se crispa, ses yeux se plissèrent un instant.

Je commençais à sourire et à tendre la main, mais il me coupa avant que je puisse me présenter. « Ça doit être mon jour de chance si une gentille petite chose comme toi me cherche ».

Je clignai des yeux de surprise, arrêtée dans ma lancée. J'avais eu tort. Ces yeux n'étaient pas gris acier. Ce mot avait l'air froid, clinique, alors que son regard était tout autre. Son regard brûlait. Il incendiait ma peau partout où il se posait. Je sentis mes mamelons durcir.

« Euh, je m'appelle Rachel ». Ma main était encore partiellement tendue, pendant maladroitement entre nous jusqu'à ce qu'il la saisisse dans la sienne.

Oh mon Dieu. Oh là là. Jamais de ma vie je n'aurais deviné que tenir la main d'un homme pouvait être un acte si... sensuel. Je me sentais si féminine, car elle était énorme, engloutissant la mienne. Peut-être que j'avais eu une réaction excessive. D'accord, j'étais définitivement en train de réagir de manière excessive. Mais on ne pouvait pas nier que son emprise ferme et puissante me faisait quelque chose. Elle envoyait une décharge d'électricité directement à mon clitoris. La chaleur qui avait brûlé ma peau était dans mon sang, chauffant mon cœur, transformant mes entrailles en gelée.

Et il le sentait. Ses lèvres étaient étaient plissés en sourire cynique et son expression était éloquente.

Oh mon Dieu, il savait que j'étais excitée. Cette vague de chaleur se précipita sur mon visage et mes joues s'embrasèrent. Tout ça à cause d'une poignée de main.

Il ricana doucement et se rapprocha de moi pour que je puisse sentir son odeur céleste et terreuse. C'était un mélange de cuir, d'herbe et de sueur et quelque chose que je ne pouvais pas déceler. Quoi qu'il en soit, il semblait que ce soit un mélange excitant a souhait spécialement conçu pour me rendre folle. Ça fonctionnait bien.

Je gémis presque quand il se pencha plus près, sa bouche terriblement près de mon oreille. « Qu'est-ce qui amène une gentille fille comme toi dans un rodéo ? ».

« Je, hum... je, euh... ». Je pris une profonde inspiration et j'essayai à nouveau.

« Ce n'est pas un endroit pour quelqu'un comme toi » décréta-t-il, estimant chaque centimètre carré de mon corps.

Pourquoi n'était-ce pas un endroit pour moi ? Je n'avais fait que me présenter. Une femme dans in short trop court et des bottes de cow-boy attira mon attention. Oh.

« Non c'est pas ça. J'aime regarder... ».

« Tu aimes ça, n'est-ce pas ? ». Sa voix était grave, suggestive. Mes joues allaient finir par prendre feu. Son ton laissait entendre qu'il devinait toutes mes pensées intimes et cochonnes... et il aimait ça.

Je me raclai la gorge, essayant d'ignorer le désir que sa voix enrouée déclenchait en moi. « Je voulais vous dire que... ».

Sa main sur ma taille me fit taire instantanément. Les mots « *je suis votre nouveau gérant* » sont restés coincés dans ma gorge alors que je me figeais au contact inattendu. Il était vraiment direct et oh, ça faisait du bien.

« Qu'est-ce que tu voulais me dire ? », demanda-t-il. Il était bien plus grand que moi, mais il se pencha si près que nous étions pratiquement à la même hauteur. Ses yeux étaient si gris, mais je me suis dit qu'ils changeraient probablement de couleur en fonction de ce qu'il portait. « Plus important encore, qu'est-ce que tu aimes regarder ? ».

Regarder ? Je voulais juste me présenter. Ma bouche était ouverte parce que je n'avais jamais eu un type qui m'avait déjà parlé de manière aussi franche, chaque mot enrobé d'insinuations. Mon cerveau avait cessé de fonctionner. Ses yeux orageux me pétrifiaient.

« As-tu aimé me voir chevaucher cette bête ? ». Ses doigts se serraient doucement, juste assez pour que je puisse les sentir à travers le fin coton de ma chemise.

« Euh... ». Oui ! Mon Dieu, la réponse était oui. J'aimais le regarder monter. Mais son ton bourru et suggestif me fit clairement comprendre que nous ne parlions pas de rodéo. Comme pour confirmer ma supposition, il continua. « As-tu aimé me voir contrôler ce taureau ? ». Sa main se releva. « C'est ce que tu veux ? Être domptée ? ».

Quoi ?. Non. Mais même si je le pensais, mon cerveau s'en alla se perdre dans mes fantasmes. Une image vivante remplit mon cerveau. Ce cow-boy nu au-dessus de moi, me saisissant la taille et me chevauchant fort. Me dominant.

Il se pencha vers moi, murmura à mon oreille. Je

sentais son souffle glisser sur ma nuque. « Je parie que c'est ce que tu aimes au lit, ai-je raison ? ». Sa main libre saisit légèrement mon poignet, ses doigts calleux caressant doucement la peau sensible.

J'inspirai vivement et mes yeux s'élargirent au point de me blesser. En partie dû à la grossièreté de ses mots, mais en partie parce que je soupçonnais qu'il savait exactement où mon esprit s'était envolée et j'étais terrifiée. J'étais excitée par les insinuations cochonnes d'un inconnu. Il était magnifique, mais il était un inconnu. Non, il n'était pas un inconnu. Il était mon futur patron.

« Tu aimes être attachée, chérie ? ». Il me fit un petit sourire plein de promesses. « Je parie que tu es une soumise ». Il se pencha encore plus près pour que personne ne puisse nous entendre, créant l'illusion que nous étions seuls, même s'il y avait des gens tout autour. Une voix au-dessus du haut-parleur annonça une autre épreuve. Une clameur étouffée monta. « Tu en dis quoi, ma chérie ? Veux-tu que je te prenne sur mes genoux pour te donner une fessée ? ».

Mon cerveau conjura si bien cette image que je laissai échapper un petit cri d'alarme. Mais cette alarme fut suivie d'un torrent de luxure qui me fit chanceler. Il me regardait, attendant une réponse. « Non, je ne... ». Je m'arrêtai cette fois. Me mordis la lèvre. Qu'allais-je dire ? *Je n'aime même pas être touchée. Je suis une vierge frigide, mais merci de demander.*

Il sourit à mon silence. « Tu veux savoir ce que je ferais avec une poupée comme toi ? ».

Je hochai ma tête. Je n'étais pas une putain de poupée. J'étais une vierge frigide. Pourtant, je voulais entendre sa réponse même si je savais à la façon dont ses yeux s'assombrissaient et sa voix qui n'était plus qu'un murmure intime que ce qu'il dirait serait grossier et cochon. Mais je voulais savoir ce qu'il ferait à une femmes qui souhaitaient uniquement se faire sauter. Ce qu'il ferait avec l'une d'entre elles, mais pas moi.

Son regard tomba sur mes seins, qui étaient bien cachés sous le haut modeste. Pouvait-il voir mes mamelons durcir ? « La première chose que je ferais, c'est de déboutonner cette fichue chemise pour que je puisse voir tes jolis seins. Ensuite, je prendrais un mamelon dans ma bouche et je le sucerais jusqu'à ce que tu me supplies d'en avoir plus. Je parie qu'ils sont plutôt roses ».

Mon souffle était silencieux mais son sourire grandissait à ma réaction choquée. J'aurais dû lui dire d'arrêter de parler. J'aurais dû partir. J'aurais dû faire n'importe quoi mais pas continuer à rester là et le fixer, l'encourageant avec mon silence passif.

Mais je n'aurais pas pu bouger même si j'avais voulu. Mes jambes s'étaient immobilisées alors que le désir brûlant me pourfendait avec ses paroles. Je pouvais le voir clairement. Lui écartant mon soutien-gorge et ses lèvres fermes qui flottaient sur mes seins. S'acharnant sur un mamelon, puis l'autre, laissant un soupçon de moustache brûler derrière.

Il me regardait de près, son regard empli d'une condescendance savante que je le détestais, même s'il m'excitait. Il se pencha à nouveau et je retins mon souffle, attendant la suite.

« Tu es mouillée, n'est-ce pas, ma chérie ? ». Sa voix était faible et elle me fit frissonner. « Tu veux savoir ce que je ferais ensuite ? ».

Non. Oui. Oh mon Dieu, je voulais que sa main quitte ma taille. Je voulais qu'il m'attire vers lui pour que mes seins se pressent contre sa poitrine. Peut-être que cela soulagerait le désir. Je voulais qu'il me touche. J'avais besoin d'être touchée ou j'allais devenir folle.

« Une fois que tu seras tellement excitée et que tu me le demanderas, je t'amènerais derrière ce box ». Il inclina la tête dans l'allée centrale. Sa main se resserra sur ma taille et je me mordis la lèvre pour retenir un gémissement. « Je t'appuierais contre le mur, je baisserais ton jean et je te prouverais que j'ai raison, que tu mouilles. Prête à partir pour une chevauchée sauvage sur ma bite dure. Je promets que je vais durer plus de huit secondes ».

Je laissai échapper un petit son qui se trouvait quelque part entre un gémissement et un cri. Oh mon Dieu, ma culotte était trempée. L'image me faisait si mal que je devais serrer mes cuisses, mais cela ne faisait qu'empirer les choses.

« C'est ce que tu veux ? ». Il recula un peu et laissa tomber sa main. La perte de ce contact me donna envie de tendre ma main vers lui, mais je ne fis rien. L'atmosphère confortable, dangereuse et sexuelle entre nous s'était transformée en quelque chose d'autre. Il y avait plus de moquerie que de passion dans son ton. Son sourire entendu était plus amusée que désireux. « Est-ce que tu veux vraiment être baisée contre un étal de chevaux quand une bande de cow-boys sales et leurs dames pourraient te voir ? ».

La soudaine froideur dans sa voix était comme un seau d'eau glacée sur mon visage. Je clignai des yeux furieusement alors que je reprenais possession de mon corps et que mon esprit luttait pour comprendre ce qui venait de se passer. Ce qu'il avait dit. Je reculai brusquement, croisai les bras sur ma poitrine.

« Ouais, c'est ce que je pensais ». Il secoua la tête, me regardant comme si j'étais un enfant désobéissant. « Que ce soit une leçon pour toi, chérie ». Il fit un geste vers des cow-boys et leurs poupées. « Ce n'est pas un lieu pour toi, ici ».

Je savais exactement ce qu'il voulait dire par là et il avait raison. Je n'étais pas ma place et il ne voulait pas de moi. N'avais-je pas pensé la même chose quand j'étais entrée dans l'écurie ? N'avais-je pas essayé de le dire à Emmy ? Mais ça n'empêchait pas ma poitrine de souffrir comme s'il venait juste de m'atteindre et de me frapper.

« Tu joues contre plus fort que toi », continua-t-il. Pas méchamment mais ses mots me firent mal, néanmoins.

Bien sûr. L'humiliation me donnait l'impression qu'il venait juste de tirer un tapis sous mes pieds. J'aurais dû le savoir. Il ne me draguait pas vraiment. Il se moquait de moi. Il faisait une démonstration. Comme si j'avais besoin de lui pour remarquer que je n'étais pas le genre de femme que les hommes comme lui voulaient. Je n'étais pas sexy. Je n'étalais pas mes atouts – non pas que j'en eus vraiment. J'avais des courbes décentes. Emmy avait toujours été jalouse de mon bonnet C. Mais rien comme ces femmes qui posaient en couverture de Playboy. Je me doutais bien que je n'étais pas une bombe sexuelle. Je ne l'avais jamais été et je ne le serais jamais.

Je ne jouais pas au même niveau que lui. Même si

je pouvais faire en sorte que cet homme me désire, il suffirait d'un baiser pour qu'il se rende compte que je n'étais pas pour lui. Je ne pourrais jamais le satisfaire, pas comme une femme devrait le faire. Il était hors de portée.

Je refusai d'admettre ma déception. C'était ridicule d'être contrariée. Je ne voulais pas le genre de sexe sale et sans émotion qu'il avait décrit. Je voulais une relation. Bien sûr, je voulais du sexe, mais plus qu'une baise rapide sans échanger de noms. Ma culotte humide était visiblement en désaccord, mais je mis de côté cette pensée.

Son regard s'adoucit un peu. Tendant la main, il la glissa doucement sous mon menton comme si j'étais vraiment un enfant. « Tu es clairement trop bien pour cet endroit, chérie. J'espère que tu le vois maintenant ».

Sa compassion condescendante était en quelque sorte pire que sa moquerie. La colère balaya tout à travers moi, écartant temporairement l'humiliation et la déception. J'étais un adulte, bon sang. Une femme adulte qui pouvait aller où elle le souhaitait sans qu'on lui fasse de leçon.

Peu importe ce qu'il pensait, je ne venais pas le draguer. Je n'allais pas me jeter sur mon nouveau patron. Je n'étais pas une idiote, même s'il semblait le penser. Et, je n'avais pas besoin d'un inconnu arrogant et prétentieux pour me dire que je n'étais pas assez sexy pour ses amis et lui. L'indignation furieuse me forçait à voir les choses avec du recul.

Ses sourcils se levèrent, sans doute choqués de voir que cette supposée poupée avait une colonne vertébrale.

« Oui, je vois ça maintenant », dis-je lentement, clairement, en lui parlant comme s'il était l'enfant et pas moi. « Mais je t'ai abordé parce que je voulais me présenter, et pas me jeter sur toi. Ce ne serait probablement pas la meilleure première impression d'une nouvelle employée, n'est-ce pas ? ».

Son front se plissa en un froncement de sourcils. « Qu'est-ce que tu racontes ? ».

Je pris mon inspiration alors que je relevai mon menton pour lui faire face. « Je n'aime pas regarder les gens baiser. Je ne suis pas intéressée de savoir si tu peux tenir plus de huit secondes à l'extérieur de l'arène. J'ai aimé regarder le rodéo, espèce de crétin. Je suis Rachel Andrews, la grande sœur d'Emmy et ta nouvelle directrice ».

Je n'attendis pas sa réponse. Ce n'était qu'une question de temps avant que ma colère ne s'évanouisse et que je ne pourrais pas supporter qu'il me voie pleurer quand le choc de ce qui venait de se dérouler résonnerait en moi. Le fait que j'avais été rejetée avec fermeté. Pire, je devrais affronter cet homme qui m'avait humilié tous les jours dans un avenir proche.

S'il essaya d'appeler, je ne l'entendis pas. J'étais déjà sortie de l'écurie, de retour dans la réalité.

3

Matt

Le Barking Dog était bondé, comme chaque vendredi soir. C'était le meilleur bar de Bridgewater et les gens du coin se pressaient autour des tables à l'arrière et les tables de billard, derrière moi. La musique country jaillissait d'un juke-box à l'ancienne dans le coin. Mais malgré la foule, il n'y avait qu'une seule personne qui attira mon attention.

Ethan me grilla tout de suite. « Mec, tu dois arrêter de la regarder. Si elle te voit, nous serons plus mal lotis que nous ne le sommes déjà ».

Je me retournai pour le regarder. Oui, il était mon ami et partenaire en affaires, mais cela ne m'empêcha pas de lui faire un doigt. Je bus une gorgée de ma bière.

La personne en question était un sujet sensible depuis ce rodéo. Ce désastre de rodéo il y a un mois. Oui, j'avais remporté l'événement, mais j'avais gâché toutes les chances avec notre âme sœur. Comment diable pouvais-je savoir que la chose la plus belle de la planète était notre nouvelle directrice ? Et que la femme à qui j'avais essayé de faire peur pour qu'elle ne couche pas avec un connard durant le rodéo était Rachel Andrews.

Cette logique n'avait pas fonctionné sur Ethan. Quelques secondes après s'être détournée de moi ce jour-là dans un accès de colère, ses paroles m'avaient fait l'effet d'un poignard dans le cœur. Ethan était venu me féliciter pour mon exploit. J'avais pointé du doigt sa silhouette qui s'en allait, son cul pulpeux dans son jean alors qu'elle sortait de l'écurie et loin, si loin de moi.

« Tu sais qui c'est ? », avais-je demandé, toujours abasourdi par sa révélation.

« Bien sûr », avait dit Ethan, sa confusion était évidente, ainsi que l'admiration évidente dans son ton.

« C'est notre nouvelle directrice. Emmy me l'a présentée plus tôt quand je faisais la queue sur le stand de la concession. Elle est unique, n'est-ce pas ? ». Après un long silence pendant lequel je regardai dans son sillage même bien après qu'elle ait disparu, Ethan avait finalement demandé pourquoi j'étais aussi curieux.

Oh aucune raison. Je pourrais avoir gâché tous nos espoirs avec la femme que nous attendions. La femme de nos rêves.

Parce qu'à ce moment-là, j'avais vu la vérité et je me l'étais prise en pleine poire. Non, ses mots avaient été suffisants. La poussée d'adrénaline qui m'avait fait agir si imprudemment s'était dissipée et avait été remplacée par la dure vérité. Rachel Andrews était la nôtre. Pas seulement notre nouvelle directrice, mais elle était notre femme. Celle qu'Ethan et moi attendions. Celle que nous partagerions et réclamerions. Et épouserions.

Même si j'étais né ailleurs, j'étais un homme de Bridgewater dans l'âme et c'était la raison pour laquelle j'étais devenu si maladivement protecteur, la raison pour laquelle j'avais stupidement essayé de l'effrayer. Au moment où je l'avais vue, j'avais eu l'envie de l'emmailloter et de l'emmener loin du monde du rodéo fait de profiteurs et d'égoïstes. Bien sûr, il y avait des hommes de la famille dans le peloton. Des gens bien. Mais il y avait aussi des jeunes gars prêts à baiser tout ce qui avait des seins et une chatte consentante et je ne la voulais pas près d'eux.

Mais j'avais été tellement chamboulé, que j'avais tout fait de travers avec elle. Je n'avais pas pris une seconde pour me demander pourquoi j'avais été si protecteur. Pourquoi mon cœur m'avait dit qu'elle était *à moi* rien qu'en la voyant. Mais elle n'était pas seulement à moi, elle était à nous. Ethan et moi. Et donc je devais lui dire à quel point j'avais foiré.

Je n'avais pas été capable de lui cacher la vérité. Il était mon meilleur ami avant toute chose. Nous avions créé Hawk's Landing ensemble, à partir de rien. C'était peut-être ma propriété, mais c'était ses compétences en affaires qui en avaient fait le succès qu'il était devenu.

J'étais juste un joueur de base-ball stupide avec des parents qui possédaient une grande partie de l'immobilier du Montana. Avec mes gains au base-ball professionnel, je les avais rachetés et Ethan et moi avions construit l'endroit pour proposer des chalets le long de la rivière, capables d'accueillir plus de cinquante convives.

C'était celui qui dirigeait si bien le site. Enfin, avec Emmy, mais elle avait eu son bébé et avait trouvé son remplacement parfait. Sa sœur. Oui, j'avais tout foiré.

Je me faisais gifler par notre nouvelle directrice, il devait savoir pourquoi. Bon sang, si je me prenais un putain de procès pour harcèlement sexuel, il méritait aussi de le savoir. Il avait été énervé, et à juste titre. Mais personne n'avait été plus en colère que moi. Pourquoi avais-je essayé de la chasser avec des insinuations sexuelles ? Quelle connerie. Si je pouvais revenir en arrière et tout changer, je l'aurais fait.

Mais je ne pouvais pas. Au lieu de cela, j'avais été forcée de m'excuser - pour qu'elle ne démissionne pas avant même d'avoir commencé - et de me comporter comme un parfait gentleman au travail pour peut-être, peut-être, qu'elle me fasse à nouveau confiance. Pour lui prouver que je n'étais vraiment pas un connard. Et pas seulement pour moi, bien que je la voulusse plus que je n'avais jamais voulu qui que ce soit, mais aussi pour Ethan.

Il l'avait finalement rencontré lors de son premier jour au bureau et il avait ressenti les choses comme moi. La connexion était là et c'était réel. Elle était celle que nous attendions depuis toutes ces années.

Je savais qu'elle était unique quand je l'avais

rencontrée lors du rodéo, mais j'avais été tellement idiot. Je pensais bêtement qu'elle était là pour draguer les cow-boys et je savais sans l'ombre d'un doute que je devais l'empêcher de faire une erreur.

Bien sûr, je ne savais pas qu'elle était Rachel Andrews. Pourtant, elle n'était pas une groupie. Elle était trop bien pour ça. Il y avait une innocence et une pureté à son égard qui m'avait donné envie de la jeter par-dessus mon épaule et de la sortir de là. La garder en sécurité, la garder pour moi. Et Ethan. Comme je n'avais pas été capable de faire ça, j'avais fait tout autre chose. J'étais un putain d'idiot et j'avais essayé de l'effrayer.

Et j'avais réussi. Elle avait eu peur non seulement des putains de connards du rodéo, mais de moi également. Le seul connard rencontré cette nuit-là.

Merde. Certains jours, je voulais me frapper au visage pour ce j'avais dit. Dans un moment d'idiotie alimentée par la testostérone, j'étais parti et j'avais tout foutu en l'air. Ce qui signifiait que maintenant Ethan et moi étions obligés de nous asseoir et de regarder pendant qu'elle dînait en face de Bob, le plus con de tous.

Bridgewater était une petite ville. Tout le monde connaissait tout le monde, et alors que Hawk's

Landing était à dix milles de là, j'avais entendu tous les ragots à propos de ce Bob. Malgré l'avertissement d'Ethan de ne pas la regarder, je me retrouvais à regarder la table où Rachel était assise, souriant au gros con.

Mon Dieu, elle était belle. Mieux qu'au bureau. Même si nous portions des tenues de travail au ranch, ses vêtements étaient toujours stricts. Professionnels. Je savais qu'elle cachait un corps magnifique sous ses maillots modestes et ses pantalons moulants. Je n'ai jamais manqué les courbes pleines de ses seins, la rondeur de ses hanches. Ils rempliraient mes mains parfaitement. Au moins. Et ses hanches ? Je serais capable de les prendre en main pendant que je la baiserais par derrière, la faisant bouger comme je le voulais pendant qu'elle me chevaucherait. Je serais en mesure de voir son visage, de la regarder pendant qu'elle jouirait sur ma bite. Pour voir ses yeux verts flamboyer de chaleur.

Je voulais l'embrasser, faire frémir ses cheveux châtains sur mon oreiller, y emmêler mes doigts.

Je pouvais avoir des pensées cochonnes au sujet de notre directrice, mais je pouvais m'asseoir dessus. Quand j'aurais enfin posé mes lèvres sur les siennes, ce serait mon dernier premier baiser.

Mais Bob ? Elle serait la première... de la semaine. Peut-être. S'il n'avait pas déjà trempé sa bite. C'était un séducteur. Il baisait et disparaissait. Il était loin d'être celui qu'il fallait pour Rachel.

Ethan semblait savoir ce que je pensais et but une gorgée de sa bière. Sa voix semblait fatiguée. « C'est sa journée de repose. Elle peut sortir avec qui elle veut ».

« Ouais,« grommelai-je. « Mais, *qui elle veut* c'est Bob Stevens de la quincaillerie ».

La tête d'Ethan se redressa à ces mots et c'était maintenant lui qui tendait le cou pour mieux voir Rachel. Il était plus grand que moi et plus maigre, mais le gars avait de quoi tenir en cas de bagarre. Merde, j'étais déjà en train de fantasmer sur la façon dont nous pourrions sortir Bob et le tabasser pour avoir eu l'audace de demander à notre femme de sortir avec lui. Et de simplement penser à elle, comme j'étais sûr qu'il le faisait. Il ne l'aurait pas emmené dîner s'il ne s'attendait pas à la mettre au lit après.

Mais Rachel n'était pas notre femme. Pas encore, au moins. Et tout ça grâce à moi et à ma grande bouche stupide.

Elle travaillait avec nous depuis un mois maintenant et chaque jour avait été une sorte d'enfer particulier. Nous avions décidé le premier jour que nous la voulions.

Je l'avais su depuis le rodéo, mais Ethan fut d'accord après lui avoir serré la main et vu son doux sourire. La regarder reprendre habilement le travail qu'Emmy avait commencé avant d'avoir son bébé. Rachel n'était pas seulement belle, elle était intelligente aussi. Drôle. Et gentille.

Nous avions donc un dilemme. Nous savions que nous la voulions, mais elle ne voulait manifestement rien savoir de nous au-delà des heures de bureau.

Correction. Rien à voir avec moi.

Elle était polie et civile envers moi au bureau, mais il n'y avait aucune erreur possible sur l'origine de sa froide distance. J'avais franchi tant de limites au rodéo en essayant de faire en sorte qu'elle fuit les cow-boys excités.

Elle n'était pas une poupée. Elle n'était pas un coup d'un soir. J'en avais rencontré ma part sur le circuit de rodéo, et avant cela quand j'étais dans le base-ball. Non, elle avait « relation à long terme » écrit sur elle et nous voulions la lui donner. Nous deux, ensemble. Et c'est pourquoi je l'avais presque repoussée dans l'écurie ce soir-là. Pour l'empêcher de commettre une grossière erreur. Mais celui qui avait fait l'erreur avait été moi. Elle ne s'était pas jetée sur moi. Elle s'était présentée. Comme la putain de sœur d'Emmy.

Ouais, notre chance est passée. A cause de cela, elle avait mis entre nous une barrière invisible qui aurait aussi bien pu être faite d'acier. Ethan, d'un autre côté, était le garçon de rêve à ses yeux. J'avais vu la façon dont elle souriait quand il l'accueillait le matin. Oh, elle ne flirtait pas avec lui - elle était trop professionnelle pour ça - mais elle n'était pas froide non plus.

Chanceux.

Pourtant, je ne pouvais pas être trop jaloux. C'était ma faute, lui et moi étions assis sur le banc de touche en train de rêver à notre charmante femme alors qu'elle avait un rendez-vous avec le plus gros connard de la ville.

Ethan et moi étions les meilleurs amis depuis notre enfance. J'avais grandi sur la côte Est, mais je venais assez souvent avec mes parents. J'avais toujours aimé le Montana et quand j'eus gagné suffisamment d'argent grâce au base-ball, mes parents avaient été heureux que je rachète leurs biens et qu'ils profitent de leur retraite. Et j'étais encore à l'époque un joueur professionnel.

C'était Ethan qui m'avait convaincu de remettre sur pied le ranch avec lui comme associé, une fois que ma carrière de base-ball avait été interrompue par une blessure à l'épaule. Après trois ans dans le circuit pro, je dus soudainement trouver une nouvelle carrière. J'avais assumé le rôle de commentateur sportif ou d'entraîneur, mais aucun d'entre eux ne m'avait vraiment plu. J'avais été trop amer pour m'attarder, pour m'impliquer dans un sport auquel je ne pouvais plus jouer. Je n'aurais jamais imaginé que je serais le copropriétaire d'un ranch pour touristes au Far West.

Comme toujours, mon meilleur ami m'avait donné un coup de main quand j'avais eu le plus besoin de lui. Il avait obtenu son MBA et savait clairement ce qu'il faisait quand il s'agissait de maintenir une entreprise sur le bon chemin, d'engager le bon personnel, et de gérer le marketing. Et en faisant confiance au jugement d'Emmy le choix de Rachel. Certains pourraient dire qu'il était le cerveau et moi le muscle, mais Ethan avait bien plus de muscles que moi. Nous avions toujours été proches, mais mon retour à Bridgewater et mon travail au ranch avaient solidifié notre amitié.

Après un grand nombre de bières, une nuit, nous avions réalisé que nous voulions la même chose, un mariage traditionnel à la façon de Bridgewater. Non seulement nous voulions partager l'entreprise, mais nous voulions aussi partager une femme. La femme de nos rêves. Nous l'attendions.

Eh bien, on l'avait rencontrée. Et je lui avais fait peur.

Je regardais Rachel maintenant, souriant à ce connard minable avec son pantalon en toile et son polo, comme s'il était une sorte de play-boy et qu'il n'était pas le propriétaire d'une petite quincaillerie dans une petite ville. Je n'avais rien contre les propriétaires de petites entreprises. Putain non. J'avais juste un problème avec les connards.

Elle avait l'air incroyable, comme toujours. Au bureau, elle portait l'uniforme non officiel : jean et chemise boutonnée portant le logo de Hawk's Landing, tout comme Ethan et moi. Elle avait toujours l'air professionnel et bien mise avec ses longs cheveux bruns tirés en arrière dans un chignon ou une simple queue de cheval. Sa tenue d'affaires ne nuisait pas à sa beauté, elle ne faisait que renforcer le sentiment d'intouchabilité. Professionnelle, sympathique, mais rien de plus. Juste ce que nous voulions de nos employés.

Mais pas ce soir.

Ce soir, ses cheveux tombaient en cascade, comme au rodéo. Ils ondulaient doucement autour de ses épaules, adoucissant ses traits délicats et la faisant paraître plus jeune et plus enjouée qu'elle ne l'était au bureau. Elle avait échangé le jean pour une robe d'été, et même si elle la couvrait modestement, elle se moulait sur son corps d'une manière que ces foutues chemises boutonnées ne le permettaient pas.

Ses seins étaient incroyables et le soupçon de décolleté était suffisant pour me faire durcir, même de l'autre côté de la pièce. Ils rempliraient certainement mes mains. Mes doigts me démangeaient d'envie de le savoir. Je me souvenais de la façon dont ses yeux s'étaient assombris de luxure quand j'avais murmuré ces mots cochons lors du rodéo. Elle avait été allumée et moi aussi. Je n'avais pas eu besoin d'utiliser beaucoup d'imagination quand j'avais décrit la manière dont je voulais la toucher et la baiser. J'avais ces images gravées dans mon cerveau au moment où elle était entrée dans ma ligne de mire.

Le fait qu'elle ait été excitée me rendait encore plus dur. Il y avait un côté sauvage chez elle. Une fille coquine se cachait sous cet extérieur guindé et propre sur elle. Je l'avais vu pendant une minute ou deux, mais elle avait disparu au moment où j'ai ouvert ma grande gueule pour tout gâcher. J'avais essayé de l'effrayer et j'avais réussi. J'avais utilisé les mots comme une arme, et je l'avais blessée. La fille sexy était retournée se cacher après ça et je ne l'avais plus jamais revue. Si je ne l'avais pas vu de mes propres yeux, j'aurais cru que Rachel était aussi froide et distante que possible.

Mais ici, ce soir, avec ses cheveux en cascade et son

corps exposé, c'était comme avoir un aperçu de la vraie Rachel, celle qu'elle essayait trop de cacher.

J'aimais ce nouveau look. Merde, j'adorais. Mais je détestais le fait que c'était Bob assis en face d'elle, profitant de son sourire chaleureux et de ses courbes généreuses. Qu'elle se soit habillée de cette façon pour lui. Cela aurait dû être pour Ethan et moi.

J'entendis Ethan soupirer à côté de moi. « Elle est belle quand elle sourit ».

S'il avait parlé de quelqu'un d'autre que Rachel, j'aurais ri et je l'aurais taquiné sans pitié d'être accro à une fille. Mais ce n'était pas une simple fille et j'étais aussi emporté que lui. Nous étions tous les deux un couple d'amoureux, des idiots lunaires. Les hommes de Bridgewater connaissaient leur femme. C'était vrai pour nous deux. Cela n'aurait peut-être pas été une si mauvaise chose si nous n'étions pas restés sur la touche en regardant un autre homme courtiser notre fille.

Ethan avait raison. Elle avait un beau sourire. Il illuminait son visage, faisant briller ses yeux verts. Elle était resplendissante.

Je me penchai en avant, n'essayant même pas de faire semblant que je ne la regardais pas. Elle souriait, d'accord, mais ce n'était pas authentique. Ses lèvres étaient courbées, mais cela n'allait pas au-delà. Elle n'était peut-être pas intéressée par moi, mais je la regardais. Je savais tout d'elle. Quand elle était fatiguée, frustrée, triste, heureuse. Même quand elle avait mal à la tête, je pouvais le dire. Alors, quand elle colla sur son front, *Tu es un invité ennuyeux, mais je dois avoir l'air heureuse*, je tapais sur l'épaule d'Ethan. « Regarde bien ».

4

Matt

Il fronça les sourcils et me lança un regard agacé. « Nous ne devrions pas la regarder. La dernière chose dont nous avons besoin, c'est de l'effrayer en la traquant pendant sa soirée off ».

Il avait probablement raison, mais je l'ignorais. Mon instinct me disait que quelque chose n'allait pas, et ce n'était pas seulement le fait que notre femme avait un rendez-vous avec un autre homme. Tandis que je regardais, je pouvais voir la tension monter en elle.

« Ce n'est pas la traquer, si nous veillons sur elle ».

Je hochais la tête dans sa direction. « Regarde attentivement. Est-ce qu'elle a l'air de s'amuser ? ».

Ethan se retourna de nouveau, se déplaçant légèrement pour mieux voir, mais une serveuse passa avec un plateau de boissons. Je regardais l'expression de son visage changer pour passer de la curiosité à la fureur. « Qu'est-ce qui se passe là-bas ? Elle a l'air prête à quitter son siège ».

Je hochai la tête. C'était aussi mon opinion. Ses épaules étaient devenues tendues, sa colonne vertébrale rigide. Le sourire qui semblait authentique était maintenant une pâle imitation. Qu'est-ce que Bob avait dit ou fait pour que notre fille soit toute tendue et paniquée ? Si nous n'étions pas là pour la surveiller, elle n'était pas seule. Elle avait beaucoup de clients qui interviendraient si elle avait besoin d'aide. Tout ce qu'elle avait à faire était d'élever la voix et de gesticuler. Mais elle ne faisait pas ça et je n'aimais pas savoir qu'elle était malheureuse. Pas une seule seconde, surtout avec ce gros con.

Je ne pouvais pas rester là et me perdre en conjectures. En écartant mon tabouret du bar, je me mis en mouvement. J'entendis Ethan juste derrière moi. Il n'essaya pas de m'arrêter, Dieu merci. Non pas qu'il aurait pu. Plus je me rapprochais d'elle, plus je pouvais voir son malaise.

« Matt ». Ethan avait prononcé mon nom comme un avertissement. Il craignait que je m'énerve et il avait le droit de le penser.

Depuis que j'avais été blessé à l'épaule - depuis que ma carrière de base-ball était partie en sucette – j'avais un peu de colère emmagasinée en moi. C'était mon rêve de me lancer en première division et j'y étais arrivé, mais mon rêve s'était brusquement arrêté. J'avais touche mon rêve mais je dus céder à cause d'une putain d'épaule. A vingt-sept ans, je devais chercher une nouvelle carrière, décider ce que je voulais être quand je serais grand. Je n'avais jamais imaginé être propriétaire d'un ranch pour touristes au milieu de nulle part au Montana. Et il avait fallu un certain temps pour surmonter la déception, la colère contre mon propre corps d'avoir saboté mon rêve. Merde, j'étais en colère contre le monde.

Quoi qu'il en soit, je luttais contre des vagues de colère irrationnelle, essayant de faire de mon mieux pour y remédier comme je pouvais. En faisant du rodéo, par exemple. Faire quelque chose de sauvage et d'imprudent. En passant de longues heures à travailler sur le ranch.

Tout cela était bien et bon pour garder mon sang-froid en gérant des clients casse-pieds et des fournisseurs fastidieux. Mais aucun effort physique ne pouvait tempérer ma colère maintenant. C'était différent. Ma colère n'était pas dirigée vers l'intérieur. L'adrénaline inonda mon corps lorsque tous mes instincts me dirent de protéger notre femme.

Je ressentis la main d'Ethan sur mon bras alors que nous approchions. Il tenta de me ralentir. « Souviens-toi, nous voulons lui faire peur à lui, pas à elle ».

Je m'arrêtai assez longtemps pour prendre une profonde respiration. Il avait raison. J'avais suffisamment foiré avec ma posture de connard malavisé au rodéo, je passerais un idiot si j'aggravais les choses ce soir.

Je serrai les dents et les mains, luttant pour reprendre le contrôle. Putain, je détestais quand il avait raison. Mais que cela me plaise ou non, il était celui qui avait la tête froide. Et depuis que j'avais réussi à foirer le coup pour nous deux avec Rachel, je n'avais pas de quoi m'opposer à lui.

Je me tournai vers lui et lui fis un bref signe de tête. « C'est toi qui lui parles ».

Ethan me fit un petit sourire et me donna une tape sur l'épaule. Il savait combien il était difficile pour moi de rester là et d'agir comme un gentleman, quand tout ce que je voulais faire était de faire sortir Bob de son siège, lui demander ce qu'il avait fait pour rendre

Rachel mécontente, puis enfoncer mon poing dans son ventre.

Finalement je n'eus pas besoin de demander ce qu'il avait fait pour la rendre inconfortable. Ethan et moi le vîmes voir de nos propres yeux dès que nous fûmes assez proches. Aucun d'entre eux ne nous avait repérés, ce qui nous donna le temps de bien voir la scène.

De loin, tout avait l'air normal. Juste une belle jeune femme et son beau, partageant un dîner au Barking Dog. Mais quand nous nous sommes rapprochés, je le vis et ma colère monta. Sa main était posée sur son genou, sous la table.

Nous vîmes la manière avec laquelle elle déplaça sa jambe sur le côté et sa main retomba. Mais ensuite, pas plus de deux secondes après, il la déplaça de nouveau. Elle tressaillit visiblement au contact et il sourit. Clairement, il n'arrivait pas à comprendre quand une femme lui disait « non » ou il s'en fichait.

Je n'en pouvais plus. Je ne pouvais plus rester là à regarder.

Heureusement pour le joli visage de Bob, Ethan fut le premier arrivé à la table. « Eh bien. Marrant de te voir ici ».

Il avait activé le style décontracté, le charme du cow-boy qui avait fait sa réputation et j'étais heureux de voir le soulagement visible de Rachel quand elle remarqua Ethan. Puis son regard couleur noisette se tourna vers moi et le regard heureux disparut, mais pas avant que je n'aperçoive une lueur de stress.

Merde. Je détestais qu'elle soit nerveuse en ma présence. Je n'étais pas comme Bob. Je ne mettrais pas un doigt sur elle si elle ne le voulait pas. Oui, j'avais dit des trucs qui n'étaient pas tout à fait appropriés, mais je ne le pensais pas.

J'avais vraiment tout essayé pour la mettre à l'aise le mois dernier au travail. J'avais toujours gardé la porte ouverte quand elle et moi étions dans la même pièce, ne me rapprochant jamais trop près d'elle même si je ne voulais qu'une chose, c'était précisément être près d'elle. J'avais gardé un comportement parfait, courtois et civil. Mais il était clair que malgré tous mes efforts, elle était toujours nerveuse quand j'étais là. Je n'avais simplement pas eu l'occasion de prouver que je n'étais pas le mec qu'elle pensait que j'étais. Mais Bob ? Le connard total. Le Don Juan à deux cents.

J'aurais abandonné le ranch et toutes mes économies pour avoir une chance de revenir à ce jour au rodéo et de recommencer, d'écouter la voix de la raison qui avait dit « cette femme n'est pas une poupée ». Je lui aurai laissé la possibilité d'expliquer qui elle était et ce qu'elle faisait là avant de sauter à des conclusions stupides. Je la tiendrais à l'écart des autres connards en la protégeant, et pas en la faisant fuir.

Mon Dieu, je détestais penser à la manière dont elle me voyait. Comme si j'étais une sorte d'homme-pute ou quelque chose comme ça. Ce n'était pas le cas. Bien sûr, j'avais eu ma part de femmes, et je voulais vraiment faire les choses cochonnes que je lui avais dites, mais pas avant qu'elle ne sache que nous voulions l'épouser. Je la voulais, mais pas seulement pour une nuit.

Je n'avais même pas jeté un coup d'œil sur une femme depuis cette horrible première rencontre. Personne d'autre ne m'intéressait maintenant que j'avais rencontré Rachel. Ma bite ne durcissait qu'en pensant à elle. Son simple parfum m'excitait. Et penser à elle ? Merde. Je passais trop de temps dans la douche à me masturber ces jours-ci. Il semblait que j'étais perpétuellement en érection quand elle était là. Ou pas là. Mais comment pouvais-je le lui faire voir si elle me maintenait à distance ?

Elle était à moi pour toujours, je le ressentais jusqu'au fond de moi. Bien que je ne sois pas un homme né et élevé à Bridgewater, c'était tout comme parce que je savais que j'avais trouvé ma femme. Je regardai Bob par-dessus l'épaule d'Ethan. Elle ne le savait peut-être pas encore, mais elle était à nous.

Ethan se rapprocha, posa une main rassurante sur son épaule. « Rachel, c'est bon de te voir t'amuser ».

Même si la voix d'Ethan était calme et égale, le geste était un signe certain de possessivité et ses yeux disaient « à moi » haut et fort alors qu'il regardait Bob.

Bien joué, Ethan. Il avait réussi à calmer Rachel tout en faisant peur à Bob. Le trou du cul semblait prêt à se chier dessus alors que son regard passait de moi à Ethan. Je me tenais à quelques pas de là, ne voulant pas effrayer Rachel, mais je ne tentais pas de cacher ma haine pour ce sac à merde. Rachel pouvait ne pas connaître sa réputation, mais nous si. Et il savait que nous savions. Ça n'allait pas arriver; nous mettrions fin à cette sale histoire.

Ethan se tourna vers Rachel et je pouvais voir la chaleur dans ses yeux. Effectivement, Rachel rougit. Elle l'avait vue aussi. « Tu t'amuses bien, Rachel ? », demanda-t-il.

Elle émit un grognement sans conviction et commença à avancer vers Ethan, se coulant hors de la table. Il lui prit la main et l'aida alors qu'elle disait : « Oui, merci ».

Putain, elle était belle dans sa robe d'été. Elle était blanche et tombait joliment juste au-dessus des genoux. Elle semblait innocente et douce, la couleur soulignant seulement sa peau bronzée, ses épaules lisses.

« Mais je pense qu'il est temps que je rentre chez moi ». Elle regarda à peine Bob en marmonnant un remerciement pour le dîner.

Cela m'aurait rendu heureux, sauf qu'elle évitait aussi de croiser mon regard, alors qu'elle sortait de là comme si tous les diables de l'enfer étaient à ses trousses. Ou peut-être qu'elle pensait que je la poursuivais.

Bob fit un mouvement pour se mettre debout et la suivre mais se figea quand je me retournai pour le regarder, un grognement sourd s'échappant de ma gorge.

« La fête est finie », lui lançai-je, plaçant ma main sur sa poitrine et le repoussant dans son siège. « Et ne l'appelle pas pour espérer en avoir une autre ».

Ce trou du cul ne réalisait pas à quel point il avait été chanceux. J'étais à un doigt de péter les plombs. La seule chose qui se tenait entre ce connard et un passage à tabac était Rachel. Je ne pouvais pas la laisser fuir, pas si elle était contrariée et définitivement pas dehors dans le parking de l'autre côté de la rue. Oui, elle pouvait prendre soin d'elle, mais on veillerait à sa sécurité.

Le parking était sombre quand Ethan et moi l'avons suivie. Elle se dirigeait vers sa petite voiture, une voiture que nous aurions besoin de remplacer pour elle, une fois arrivée en hiver. Il n'y avait aucun moyen de la laisser conduire tous les jours au ranch dans la neige et la glace sans un véhicule à quatre roues motrices. Comment nous pourrions la convaincre de nous laisser lui acheter une 4x4 était un problème qui se poserait le moment venu. À l'heure actuelle, tout ce qui comptait, c'était qu'elle soit indemne, qu'elle soit en sécurité dans sa voiture, le moteur en marche, les portes verrouillées avant notre départ.

« Rachel, attends », appela Ethan.

Elle s'arrêta à côté de la voiture, ses cheveux tombant sur son épaule. Elle baissa les yeux sur ses clés et nous tourna le dos. Soit elle avait oublié comment déverrouiller sa voiture, soit elle était en train de perdre du temps. Nous nous sommes arrêtés à quelques mètres, mais cette distance me faisait souffrir comme je savais que c'était le cas pour Ethan. Je ne voulais rien de plus que d'aller la rejoindre, la serrer dans mes bras et ne pas la laisser partir jusqu'à ce qu'elle soit bien rentrée dans mon lit. Notre lit.

Après ça... eh bien ... je ne pouvais pas laisser aller mon imagination ou je l'effrayerais si elle baissait les yeux sur ma bite. C'était la dernière chose dont j'avais besoin. Ma queue était déjà tendue dans mon pantalon rien qu'à la vue de sa robe. Si je commençais à imaginer toutes les façons dont nous aimerions la baiser, j'aurais été capable de jouir, ici et maintenant. J'effaçais donc toutes mes pensées et pris quelques profondes et lentes inspirations pour rester calme.

Rachel me choqua quand elle se retourna pour nous faire face. Son expression normalement douce avait été remplacée par un air menaçant et féroce. « Qu'est-ce que c'était que ça ? », hurla-t-elle.

J'étais celui qui avais du caractère et je pensais que Rachel était Miss Calme, Cool et Mesurée. Ce renversement des rôles me faisait cligner des yeux comme un idiot. Je vis Ethan reculer de surprise, mais il se remit rapidement sur pied, levant les mains en signe de reddition. « Doucement, ma belle, nous ne voulions pas dépasser les bornes… ».

« J'avais un rendez-vous ». Elle croisa les bras sur sa poitrine et j'essayai pour ma part de ne pas remarquer la façon dont elle poussait ses seins, accentuant son décolleté déjà phénoménal.

« Ouais », dit lentement Ethan, sa voix apaisante. « Mais tu n'avais pas l'air de bien t'amuser ».

« Comment pouvais-tu le savoir ? ». Ses yeux se plissèrent alors que son regard se déplaçait d'Ethan vers moi, son visage empreint de suspicion. « Tu m'espionnais ? ».

C'est à moi qu'elle demandait ça, pas à Ethan. J'étais celui dont elle se méfiait. Merde, chaque fois qu'elle me regardait, elle avait cette méfiance dans ses yeux, comme si elle avait peur que je me moque d'elle ou dise quelque chose de cruel. Et chaque fois que je voyais cette méfiance, mon intestin se tordait de douleur.

Comment diable pouvais-je lui faire voir que j'avais essayé de la protéger au rodéo ? Je ne lui ferais jamais de mal intentionnellement. Je ne me moquerais jamais d'elle. Je ne trouvai pas les mots. Tout en moi voulait aller vers elle, l'écraser contre moi et réclamer ses lèvres dans un baiser brûlant. J'avais toujours été meilleur pour faire les choses que pour les dire. Peut-être que j'aurais pu faire une sorte de geste épique si je n'avais pas si mal arrangé les choses il y a deux mois. Au lieu de cela, je fourrai mes mains dans mes poches et répondis honnêtement. « Ethan et moi sommes juste venus ici boire une bière. Nous ne savions pas que tu serais là, mais nous t'avons repérée de l'autre bout du bar ».

Ethan se dépêcha de prendre le relais, probablement effrayé que je perde mon sang-froid une fois que j'aurais commencé à parler de cette merde de Bob. «

Nous t'avons vu et nous n'allions pas nous imposer, mais il semblait que tu étais ... mal à l'aise ».

Sa réaction était intéressante. Elle tressaillit, comme si Ethan venait de l'insulter.

« Je, je... n'étais pas mal à l'aise ». Sa protestation semblait fausse et elle baissa les yeux sur ses chaussures alors qu'elle tripotait ses clés de voiture. Ironiquement, à ce moment-là, elle avait l'air extrêmement mal à l'aise et pourtant nous ne lui caressions pas le genou sous la foutue table.

Je fis un pas en avant. « Nous étions juste en train de veiller sur toi ».

Sa tête se releva et elle redressa ses épaules. Ses yeux brillaient. « Je n'ai pas besoin de ta protection. Je ne suis pas une enfant et je peux prendre mes propres décisions toute seule ».

Ethan me regarda avec un air interrogateur. Il pensait la même chose que moi. Ce n'était pas seulement à propos de Bob. Elle n'était pas énervée qu'on ait interrompu son rendez-vous. Ce dernier commentaire était destiné à moi, un rappel clair de ce que j'avais dit et fait au rodéo quand je lui avais dit qu'elle n'était pas à sa place ici.

Merde, pourrais-je jamais me débarrasser de ça?

« Écoute », dis-je. « Je suis désolé si nous avons dépassé les limites... ».

« Je sais que vous êtes tous les deux mes patrons », m'interrompit-elle en levant la main. « Mais tu ne peux pas me dire quoi faire en dehors du boulot ».

« Personne n'essaie de te dire quoi faire », déclara Ethan. Sa voix était calme, même pour moi. Il avait toujours été meilleur héros que moi. Il fit un pas de plus et je la regardais s'éloigner légèrement.

Hum. Je pensais qu'elle aimait Ethan, mais elle semblait aussi se méfier de lui.

« Mais », continua Ethan. « Si nous voyons quelqu'un - au travail ou non - qui n'accepte pas qu'on lui dise non, tu peux être sûre que nous interviendrons ».

Sa bouche s'ouvrit comme si elle voulait protester, mais elle la ferma tout aussi rapidement, sa confusion remplacée par une sourde colère antérieure. « Tu n'as pas à faire ça. Je peux me débrouiller toute seule ».

« Nous savons que tu le peux », dis-je. Elle me tourna ces grands yeux noisette et je faillis perdre le fil de mes pensées. « Mais tu ne devrais pas avoir à le faire ».

Elle semblait décontenancée et je me retrouvais en colère une fois de plus, mais cette fois contre les trous du cul sans nom qu'elle avait pu fréquenter dans le passé. Elle ne devrait pas être si confuse ou surprise d'avoir des hommes qui la surveillent et la défendent. Quelqu'un lui avait forcément fait du mal.

« Je n'ai besoin de personne pour s'occuper de moi ». Sa voix avait perdu sa colère et elle avait l'air de parler plus pour elle que pour nous.

Ethan me surprit en se rapprochant de Rachel. Il tendit la main et inclina doucement son menton, pour qu'elle le regarde. Sa voix devint plus grave et il ne pouvait y avoir aucun doute sur la sincérité de son ton. « Tu n'en as pas besoin, mais tu le mérites. Si tu étais à nous, notre priorité absolue serait de te garder en sécurité. S'assurer que tu as tout ce dont tu as besoin ».

Ses yeux s'élargirent et je retins mon souffle. Il avait pris le risque d'être franc.

« Que veux-tu dire, si j'étais à vous ? ». Mais même si les mots sortaient de sa bouche, je vis le début de compréhension dans ses yeux. Ethan dût le voir aussi parce que son sourire était carrément arrogant.

Eh bien. Ethan savait s'y prendre.

Bien sûr, elle savait ce qu'il voulait dire. Rachel était née et avait grandi à Bridgewater. Emmy avait deux maris et j'avais entendu dire que ses autres frères et sœurs aussi. Elle connaissait nos coutumes et elle savait exactement ce que cela signifiait d'appartenir à deux hommes. Elle ne s'attendait pas à ça de notre part, mais ça lui avait plutôt plu.

La chaleur dans son regard était éphémère mais elle avait été là, tout comme au rodéo quand j'avais parlé de lui donner une fessée. Je parierais mon 4x4 qu'elle avait déjà imaginé ce que ce serait d'être avec nous deux. A en juger par la rougeur de ses joues, elle imaginait maintenant comment cela pourrait être.

Eh bien, d'accord. On avait un peu avancé.

Ses yeux s'agrandirent et elle recula d'un pas, ses yeux se portant sur moi avec quelque chose qui ressemblait à de la panique.

« Mais ce n'est pas le cas », dit-elle rapidement, ses mains tâtonnant avec les clés. « Je ne vous appartiens pas. Alors, restez en dehors de mes affaires ».

Ethan et moi l'avons regardée monter dans sa voiture et avons attendu qu'elle s'en aille.

« Alors », dit Ethan d'une voix traînante en mettant ses mains sur ses hanches. « Ça s'est bien passé ».

Je haussai les épaules. « Je ne pense pas que nous soyons plus mal lotis que nous l'étions au départ ». Mon meilleur ami leva les yeux au ciel. « Considérant qu'elle te détestait et me tolérait, ça ne nous avance pas beaucoup ».

« Au moins, nous l'avons éloignée de ce connard de Bob ». J'avais un sale caractère, mais cela ne voulait pas dire que je ne pouvais pas regarder le bon côté des choses. « Elle ne rentre pas à la maison avec nous, mais au moins elle rentre toute seule ».

Ethan fit un son d'approbation avant de retourner vers le bar. «J'ai besoin d'un verre ».

Quand j'ouvris la porte pour lui, la musique nous frappant de plein fouet, il ajouta: « Cela aurait été un peu plus encourageant si elle ne nous avait pas carrément dit qu'elle n'était pas à nous ».

Je lui donnai une tape sur l'épaule en le suivant à l'intérieur. « Pas encore », ajoutai-je, me sentant plus optimiste de minute en minute. « Elle n'est pas *encore* à nous. »

J'avais été forcé de prendre ma retraite tôt dans la carrière que j'avais choisie, mais personne ne m'avait jamais traité de lâcheur et je n'allais certainement pas commencer maintenant.

5

ACHEL

J'ÉTAIS AMOUREUSE.

C'était officiel. La fille de deux mois d'Emmy, Louisa Mary, ou Lulu, comme j'aimais bien l'appeler, était ma nouvelle personne préférée sur la planète. J'avais proposé de garder la petite chérie pendant qu'Emmy faisait des courses et maintenant je ne voulais plus de me séparer de mon adorable nièce. Cela semblait se passer très bien avec Emmy, qui avait l'air heureuse, mais épuisée par les nuits blanches. Elle s'allongea sur mon canapé avec sa tasse de thé pendant que je berçais et calmais Lulu.

« Tu as ça dans le sang », dit Emmy, sa tête reposant sur un coussin décoratif, ses pieds sur l'accoudoir.

Je souris et j'essayais d'ignorer la douleur dans ma poitrine. Lulu était une petite boule molle et chaude. Dans son pyjama rose, elle avait les genoux repliés et de minuscules poings. Elle avait une odeur de bébé parfaite, de linge frais et de lait. Elle était aussi chauve qu'une boule de bowling, mais avec un duvet sombre qui était si doux, ce qui signifiait qu'elle avait pris la couleur de ses pères.

Elle hoqueta et je ne pus m'empêcher de rire. Ça, ce moment-là, c'était tout ce que j'avais toujours voulu. Un bébé. Doux et câlin. Plusieurs bébés. Une famille à moi. Peut-être que c'était parce que je venais d'une grande famille, mais c'est ce que j'avais prévu pour moi-même. Je voyais toujours mon avenir avec une maison en désordre remplie de chaussettes éparpillées, de lits défaits et de portes grillagées. Il y aurait un grand rire et de l'amour inconditionnel.

Il ne m'était jamais venu à l'esprit que je ne pourrais pas avoir ce rêve. Je n'étais pas vieille et mon horloge biologique ne tournait pas trop vite. Ma mère me disait simplement d'être patiente. Mais je n'étais pas patiente. Pas quand il s'agissait de pouvoir tenir mon propre enfant parfait, de le bercer et de chanter. Il n'y avait pas d'hommes dans mon avenir, surtout pas avec la façon dont je réagissais face à un homme qui s'approchait de moi. J'arrivais à parfaitement repousser tous les hommes dans ma vie. Pas d'hommes, et cela signifiait pas de bébés. Pas de grande maison de famille, pas de nez remplis de morve à essuyer.

Peut-être qu'il était temps que je finisse par affronter les faits. Je n'aurais jamais le genre de relation que mes frères et sœurs avaient. Je n'aurais jamais de Lulu.

Je ne me sentirais jamais à l'aise dans l'intimité d'un homme. Et l'intimité était un truc plutôt important quand il s'agissait de faire des bébés. Même la main de Bob sur mon genou m'avait faite flipper. En fait, *il* me faisait flipper.

Mon Dieu, j'avais été déprimée toute la matinée. J'espérais que le temps passé avec ma nièce me soulagerait, et c'était vrai dans une certaine mesure, mais cela servait aussi à souligner ce qui manquait dans ma vie.

Emmy interrompit mes pensées. « Alors, comment ça s'est passé avec Bob la nuit dernière ? ». Pouah. Bob. Puisque Bob était ami avec l'un des maris d'Emmy et qu'elle avait arrangé le rendez-vous, je me sentais mal de lui dire la vérité alors j'ai simplement haussé les épaules. « C'était pas mal. Je ne pense pas qu'il y ait vraiment d'étincelle entre nous ».

C'était ma façon polie de dire que Bob était ennuyeux. Il avait été plutôt gentil, mais pas vraiment spirituel ou charismatique. J'avais dû coller un faux sourire sur mon visage pendant une heure alors qu'il parlait de ses tâches quotidiennes dans son magasin.

Et puis ça avait empiré. Tellement pire. Apparemment, mon faux sourire avait été un peu trop efficace car, après un verre, Bob avait commencé à remuer. Des gestes maladroits et gênants qui m'ont permis de comprendre parfaitement pourquoi les gens utilisaient le terme frigide. Son contact me laissait froide. Il n'avait pas été terriblement inapproprié. Ce n'était pas comme s'il avait commencé à me tâtonner sous la table ou quoi que ce soit. Il venait juste de toucher ma jambe. Mon genou, pour être exact. Toute personne sensée aurait gérer la situation sans problème.

Pas moi. J'ai paniqué. Paralysée sur place comme un cerf dans les phares quand cette vieille terreur s'installait. Si j'avais un doute, Bob n'était pas un concurrent pour un deuxième rendez-vous, son contact rendait ça très clair. Si la sensation de sa main sur mon genou était repoussante, je n'avais aucun moyen de gérer ses lèvres sur les miennes.

Ce simple geste presque platonique avait suffi à me

transformer en un bloc de glace. Je serrai les dents et essayais de mon mieux de ne pas m'éloigner brutalement de lui, mais je me dégageai instinctivement. Et quand j'avais écarté ma jambe, il n'avait pas compris et avait reposé sa main ! Comment aurais-je pu lui faire mieux comprendre je n'étais pas intéressée ? Avec mon verre dans la figure ?

J'aurais probablement fini par faire in esclandre si Ethan et Matt ne s'étaient pas pointés. Mon souffle se bloqua dans ma poitrine pendant un moment alors que je me rappelais le regard dans leurs yeux tandis qu'ils s'approchaient. Alors que la main de Bob sur mon genou m'avait transformée en bloc de glace, leurs regards m'avaient transformée en un véritable incendie de forêt. Ils avaient surgi à la table et je me sentais petite, féminine, à côté d'eux.

Matt s'était tenu quelques mètres en arrière, calme mais menaçant, si on se fiait a son regard. Merde, si les regards pouvaient tuer, il aurait massacré Bob sur place. Je n'avais pas besoin d'être un génie pour savoir que Matt n'appréciait pas Bob. Avait-il vu sa main sur mon genou ?

Même Ethan, calme, décontracté avait été terriblement impoli. Il avait regardé Bob avec dégoût comme s'il était un lézard qui venait de sortir d'un rocher. Cela m'avait prise par surprise. Au bureau, ils étaient calmes, réservés, prudents. Leur comportement avait été choquant... et confus. Je n'avais aucune idée qu'ils pouvaient être... aussi néandertaliens.

Et maintenant ? Je ne savais pas quoi faire. Je savais qu'ils ne me voulaient pas. Pas comme ça. Comment le pouvaient-ils? Ils étaient deux cow-boys ridiculement beaux et moi j'étais... eh bien, moi. À part le comportement impoli de Matt au rodéo, ils avaient tous les deux été complètement inoffensifs avec moi. Pas de regards brûlants, pas de mots grossiers. Pas même un effleurement d'une main sur mon bras. Ils avaient fait preuve d'un grand professionnalisme à tous les égards. Il était clair que je n'étais que leur employée et qu'ils ne voulaient rien de plus.

Et Matt ? Il avait rendu son désintérêt évident. Je n'étais pas dans le même cercle que lui. Je ne saurais pas quoi faire si je me trouvais seule avec lui, s'il voulait un jour continuer à me faire ce qu'il m'avait dit. J'avais été consternée à l'époque, mais j'avais eu beaucoup de temps pour y réfléchir depuis. Oui, je voulais qu'un mec soit aussi ouvert et franc, aussi excité par moi. Mais il m'avait blessé avec ses mots, destinés à me chasser. Oui, je savais où j'en étais avec lui.

Mais leur possessivité et leur protection quand ils s'occupèrent de Bob m'avait faite me sentir plus désirée et excitée que jamais. Je ne pouvais pas le comprendre. Ils étaient probablement juste surprotecteurs parce que j'étais leur employée, mais cela ne changeait rien au fait qu'il y avait eu une douleur persistante et lancinante entre mes cuisses pendant que je conduisais. Si je ne les connaissais pas mieux que ça, j'aurais dit qu'ils me réclamaient, faisant savoir à Bob que j'étais intouchable, mais ça ne pouvait pas être le cas. J'avais rejoué cette dernière interaction un nombre incalculable de fois dans ma tête alors que j'étais couchée la nuit précédente. Le souvenir seul m'avait fait ressentir des choses que je pensais ne jamais ressentir.

Je n'étais pas glaciale quand je pensais à Matt et Ethan. Mes tétons se durcissaient, ma chatte me faisait mal tellement j'étais excitée et quand j'utilisais mes doigts pour l'adoucir, je pensais à eux. Je voyais leurs visages rudes dans mon esprit, je pensais à leurs grandes mains sur mon corps. Et quand je jouissais, je criais leurs noms.

Qu'est-ce qui n'allait pas avec moi ? J'avais été en parfaite harmonie avec un homme séduisant qui m'avait comblée de compliments. Mais quand il m'a touchée ? Rien. Aucune étincelle. Seulement cette froideur qui me remplissait de dégoût. Mais lorsque mes deux patrons intouchables sont apparus et ont commencé à se comporter de manière dominante et protectrice, j'avais soudainement eu très chaud, rêvant d'être baisée par deux hommes à la fois. Qui a alors joui seule dans son lit en imaginant tout ça ? Moi. La vierge de vingt-six ans.

Peut-être que c'était pour ça que j'avais réagi de manière excessive avec eux dans le parking. Je n'avais pas l'habitude de ressentir cela. Je n'avais aucune idée de la façon d'agir autour d'eux. Au bureau, c'était facile. Il y avait toujours un dossier en cours, du travail à faire. Mais au Barking Dog, et pire, seule dans un parking ? Je me suis déchaînée, la seule façon que je connaissais pour essayer de repousser les sentiments. Pour les repousser, eux. S'ils étaient trop proches, ils verraient sûrement la vérité. Et puis ils riraient. Matt en tout cas. Comme il l'avait dit, je ne jouais pas au même niveau que lui.

Mais quand même, Matt m'avait tellement excitée lors du rodéo, j'avais rêvé de lui pendant des semaines. Ses mots grossiers et sales m'avaient fait de l'effet. Ils m'avaient fait sentir désinvolte et sexy pour la première fois de ma vie.

Merde. J'avais de sérieux problèmes. Vraiment sérieux. Les femmes normales ne pouvaient pas être comme ça, comme moi.

J'avais finalement ressenti une attirance sexuelle et ce n'était que lorsqu'un macho avait menacé de me donner une fessée et de me baiser dans les écuries. J'avais complètement craqué. Peut-être que mes hormones s'étaient détraquées ce jour-là ou quelque chose comme ça. Mais c'était encore arrivé dans le parking. Quelque chose à propos de la façon dont Ethan m'avait regardée quand il avait dit « si tu étais à nous ».

Oui, je n'avais pas oublié ça.

C'était tout ce qu'il me fallait. Ethan prononçant ces mots et me lançant ce regard intense et mes fantasmes les plus profonds et les plus sombres avaient été déchaînés. Je ne pensais qu'à eux en train de me donner des ordres, tous les trois au lit.

Mais la réalité avait refait surface. C'étaient mes employeurs. Et maintenant je devrais les affronter au travail, lundi matin. Comment étais-je supposée agir avec eux ? Je pouvais prétendre que rien ne s'était passé. Pour eux, ça n'avait probablement été rien. Juste une soirée comme une autre au bar, à la recherche d'une femme en détresse.

Lulu agita son petit derrière et je la posai sur mon épaule, tapotant son petit dos. Il était temps de retourner à la réalité. Bien sûr, ils étaient chevaleresques et protecteurs, mais ils étaient probablement comme ça avec toutes les femmes. Je devais m'empêcher d'y voir quelque chose de plus. De créer quelque chose alors qu'il n'y avait rien.

Mais même si je pensais à tout cela, je ne pouvais pas arrêter de penser à la façon dont ils m'avaient regardée. Comme si j'étais à eux.

C'était une idée ridicule, mais je n'avais pas été capable de l'écarter même si, logiquement, je connaissais la vérité. Matt et Ethan ne voulaient pas de moi. Matt était trop joueur. Même si je n'avais pas été témoin de la façon dont toutes les groupies le regardaient au rodéo, n'importe qui avec des yeux pouvait voir qu'il était une personne très sexuée. Le genre de mec qui ramenait chez lui une femme différente tous les soirs et qui lui faisait plaisir.

Ethan, d'un autre côté... semblait être le type monogame. Mais monogame ou pas, il n'était toujours pas pour moi. Il était trop beau et intelligent, et charmant. J'aurais parié que la moitié des femmes de la ville avait le béguin pour lui et que l'autre moitié s'était frayée un chemin dans son lit à un moment ou à un autre. Il pouvait avoir n'importe quelle femme, il n'y avait aucune raison de désirer une vierge frigide.

Même alors que je ressassais tout ça en boucle, encore et encore, la déception me piquait. Je savais qu'ils n'étaient pas les hommes qu'il me fallait, mais cela ne changeait rien au fait que je les avais dans la peau. J'avais désespérément essayé d'ignorer l'attirance quand j'étais au bureau, mais je ne pouvais pas prétendre que je n'avais pas ressenti quelque chose entre nous trois la nuit dernière. Je ne m'étais jamais défoulée comme je l'avais fait avec eux.

Je devenais folle. Sérieusement folle. Les hormones ? Un trouble bipolaire ? La folie ?

« C'est dommage que ça n'ait pas marché avec Bob », dit Emmy, ajustant l'oreiller derrière sa tête. « Tu as rencontré quelqu'un qui t'as fait ressentir quelque chose ? ».

Oui. Deux personnes, pour être précise. Deux hommes qui étaient totalement intouchables pour tellement de raisons. Je ne pouvais pas dire à Emmy mon engouement stupide pour mes patrons. Ses anciens patrons. Elle rirait carrément de moi pour avoir convoité le fruit défendu d'un roman de bureau ou elle insisterait pour que j'agisse. Aucune des options ne m'attirait.

« Pas vraiment », mentis-je en caressant la tête de Lulu.

« Mais tu veux rencontrer quelqu'un, n'est-ce pas ? ».

Je haussai les épaules et gardai mon regard sur la petite Lulu. Ses yeux étaient toujours bleus, mais j'avais l'impression qu'ils deviendraient brun foncé d'ici peu. « Je ne sais pas. Parfois, je pense que je ne suis peut-être pas faite pour avoir un mari ».

Emmy émit un son sympathique, proche de la pitié. « Tu n'as que vingt-six ans. Tu n'es pas encore exactement une vieille fille », contra-t-elle.

Je me forçai à sourire. « Rachel Andrews. La fille de Bridgewater et propriétaire de trente chats. Ce n'est pas un gros problème si je deviens la dame aux chats. Je n'ai pas besoin d'un homme dans ma vie pour être heureuse ». À ce moment précis, Lulu me regarda et fit le plus adorable gargouillement que j'avais jamais entendu. Je laissai échapper un soupir. « Puis-je garder Lulu ? Tu peux en faire une autre avec tes hommes ».

Emmy rit et leva les yeux au ciel. « Tu pourrais en avoir un toi-même », rétorqua-t-elle.

« Il y a ce petit problème d'avoir besoin d'un homme pour en faire un. Si j'avais une petite Lulu, cela ne me dérangerait pas vraiment d'être célibataire. J'arrêterais de sortir pour de bon ».

Emmy se tourna vers moi avec un sourire taquin. « C'est certainement plus amusant de faire les choses à l'ancienne, mais tu n'as pas entendu ? Tu n'as pas besoin d'un homme pour être enceinte de nos jours. Il y a une banque de sperme à Helena qui te donnera ce dont tu as besoin sans les tracas des soirées ratées ».

Elle me taquinait. Elle rit de sa propre blague.

Mais je ne riais pas. Une banque de sperme ?

Mon cerveau entra en action, toutes les pensées de Matt et Ethan furent mises de côté alors que mon esprit passait en revue toutes les possibilités. Les possibilités d'avoir un bébé.

Une lueur d'espoir me fit me redresser. Je n'avais pas besoin d'homme, j'avais besoin de sperme. Je regardais Lulu en y réfléchissant davantage. Ce serait beaucoup de responsabilités. Un grand pas à franchir. Mais l'idée avait du mérite. Et l'idée d'être capable d'aller de l'avant avec ma vie et mes rêves, de ne pas être retenue en arrière par mes peurs et mes conneries stupides... c'était tentant.

C'était plus que tentant. C'était fascinant.

Ma petite sœur avait bien mis le doigt sur quelque chose.

6

THAN

J'ÉTAIS de mauvaise humeur quand j'entrai dans le bureau. Non seulement un orage avait détruit le chemin pour se rendre à l'un de nos lieux habituels pour les pique-niques en groupe, mais notre cuisinier avait démissionné pour un travail à Miami. J'étais fatigué au point où même des litres de café ne pouvaient rien y changer. Et quand je vis le bureau vide de Rachel et non la femme de mes rêves, je fus encore plus agacé.

Cela faisait bien trop longtemps depuis cette putain de nuit sur le parking et malgré l'optimisme de

Matt, elle ne montrait aucun signe d'apaisement. Oh, elle était toute joyeuse et gaie avec les autres membres du personnel, mais quand nous étions seuls dans les bureaux administratifs, elle était comme un glacier, dégelant à un rythme si lent, que le changement n'était même pas visible.

Elle avait été en colère contre nous pendant un bon mois. Trente jours de fantasmes au lieu de mettre la main sur elle et de vivre chacun d'entre eux. J'avais hâte de la voir tous les jours au bureau, glanant tout ce que je pouvais d'elle. Son odeur, sa voix. Et quand je vis sa place vacante, je me souvins qu'elle était allée à un rendez-vous chez le médecin, et je voulus jeter la poubelle par la fenêtre.

Quand elle avait demandé un jour de congé, j'avais voulu lui demander si elle allait bien. Elle n'avait pas l'air malade, et j'aurais certainement remarqué si elle avait changé même sa coiffure. J'avais essayé de ne pas m'en soucier. Un petit ami peut poser des questions de santé personnelles, mais pas un patron. Et je n'étais pas son putain de petit ami, bon sang, puisqu'elle l'avait clairement dit. Si je le demandais, ce serait comme un empiétement sur sa vie privée.

J'avais suivi le plan que Matt et moi avions imaginé- en lui laissant de l'espace et en espérant qu'elle nous pardonnerait. Pour lui montrer que nous étions des mecs gentils. Ordinaires. Merde, je lui avais tout dit cette nuit-là dans le parking quand nous avions interrompu son rendez-vous. Au lieu de se rapprocher de nous, elle avait mis encore plus de distance. Maintenant, ce n'était pas seulement envers Matt qu'elle était froide mais distante, c'était avec moi aussi. Peut-être qu'il était temps d'admettre que ce plan ne fonctionnait pas.

C'est ce que je ruminai quand je regardai le bureau vide de Rachel. Il n'y avait aucun putain de moyen que l'un d'entre nous renonce jamais à la faire nôtre. À chaque jour que je passais en sa compagnie, j'en devenais plus convaincu. Elle était celle qu'il nous fallait.

Je pensais avoir dit les choses clairement ce soir-là, que nous la voulions comme femme. Était-ce possible qu'elle n'ait pas compris? Ou peut-être qu'elle n'était pas intéressée. Non, j'avais vu son intérêt dans son regard, du moins avant que nous ne foutions tout en l'air.

Mais c'était le destin. Elle était notre destin. Peut-être qu'il était temps de pousser un peu, de l'emmener dîner, peut-être même partir en randonnée. Quelque chose pour être seuls avec elle hors du bureau. Elle avait besoin de nous voir comme des hommes, pas comme ses fichus patrons.

Je n'avais peut-être pas grandi dans une famille de

Bridgewater - mon père s'était barré quand j'étais bébé - mais j'avais vu ma mère vivre une histoire d'amour heureuse avec mes deux beaux-pères quand j'étais au collège. En plus de cela, j'avais grandi en regardant mes amis ayant des familles de Bridgewater avec le genre de famille stable et aimante que j'avais toujours voulu. Je voulais ça avec Rachel. Partager son amour avec Matt, fonder notre propre famille.

Alors, quelle était le problème ? Rachel. Non, ce n'était pas le problème de Rachel. C'était le nôtre. C'était la responsabilité des hommes de Bridgewater de montrer à leur femme ce que cela pouvait être. Nous ne l'avions pas fait.

Du moins, pas encore.

« Garder nos distances » ne fonctionnait pas et je manquais de patience. Il devait y avoir un moyen de prouver à Rachel à quel point nous étions sérieux. Comme ça pourrait être bon. Non, pas *pourrait*. *Serait*.

Quand le téléphone à son bureau a sonné, je m'approchai pour décrocher. Alors que j'expliquais à l'interlocuteur les services que nous offrions, je me surpris à regarder son bureau. Il y avait quelques photos du bébé de sa sœur, ce qui n'était pas une surprise. Emmy avait amené sa petite fille pour la présenter et voir Rachel avec elle avait été très difficile à supporter.

Le comportement de Rachel avait changé, elle s'éclairait de bonheur. Ses yeux se remplissaient de chaleur alors qu'elle avait serré le bébé dans ses bras et tout ce à quoi je pouvais penser était combien j'adorerais la voir tenir notre bébé.

Bientôt, me suis-je promis à moi-même. Matt et moi trouverions un moyen de lui parler d'une façon ou d'une autre et si elle voulait un bébé, nous pourrions fonder une famille avec elle. L'idée de lui mettre notre petite graine, et la voir porter notre enfant ? J'étouffais un gémissement alors que je disais au revoir au client potentiel.

Mon regard se posa sur une note qu'elle avait griffonnée sur le clavier à côté du téléphone. Il y avait deux numéros de téléphone, le premier pour un endroit appelé Cyr Bank et l'autre pour SeattleSperm.

Que se passait-il?

SeattleSperm ? Il ne pouvait y avoir aucun doute..

Mes oreilles bourdonnèrent si fort que je n'entendis pas Matt entrer avant qu'il ne soit debout à côté de moi.

« Tu vas bien, Ethan ? On dirait que tu es en train de faire une crise cardiaque ».

Je sortis de ma transe et me retournai pour lui faire face, brandissant le bloc-notes comme si c'était une preuve devant le tribunal. Je l'agitai d'avant en arrière et il le saisit.

« Elle est partie pour avoir un bébé ».

« Un bébé ? Tu es fou ? Rachel n'est même pas enceinte ».

Je me retournai, montrant son écriture soignée. «Lis ça ».

Matt était naturellement confus jusqu'à ce qu'il regarde enfin. Son regard abasourdi rencontra le mien. «Non. Merde, non. »Il laissa tomber le bloc-notes sur son bureau. «Il n'y a aucun moyen que nous la laissions avoir le bébé d'un étranger. »

« Elle va évidemment se débrouiller toute seule car il n'y a pas d'hommes dans sa vie ».

Ouais, nous avions été vigilants avec Rachel. À moins qu'elle n'ait des rendez-vous discrètement chez elle, elle n'avait pas de mec dans sa vie. Mis à part nous.

Je savais que je réagissais de manière excessive mais je ne pouvais pas m'en empêcher. La peur avait pris le dessus. Rachel était à nous. Ses bébés seraient les nôtres. Je n'avais aucune objection à élever l'enfant d'un autre homme, mais il était hors de question que Rachel élève son enfant seule.

J'avais grandi dans une maison sans père et je détestais penser à l'enfant de Rachel qui serait sans papa. Pas quand il y avait deux hommes debout dans cette pièce qui ne voulaient rien de plus que la réclamer et l'accompagner à chaque étape du parcours.

« Elle est au bureau du fichu docteur maintenant. Non, pas le bureau du docteur. A la banque de sperme ».

Je l'informai du fait que Rachel avait demandé une journée de congé pour un rendez-vous chez le médecin.

« Tu me dis que notre femme se fait mettre en cloque alors que nous sommes debout ici à ne rien faire ? ».

« Ouaip ».

« Pourquoi se précipite-t-elle ? ».

« Parce qu'elle est trop impatiente pour attendre que le prince charmant débarque ».

« Les princes charmants », répliqua Matt. « Mais putain nous sommes juste sous son nez ».

« Au moins, nous savons qu'il n'y a pas quelqu'un d'autre ».

Matt plissa les yeux, pensant probablement à un connard comme Bob qui mettrait la main sur elle.

Je gémis, faisant les cent pas. « Merde, si elle nous donnait juste une chance, nous pourrions lui donner tout ce qu'elle a toujours voulu. Ce serait notre honneur et notre privilège d'exaucer ses rêves. Si cela signifie une maison pleine de bébés alors c'est notre putain de boulot de les lui donner. Pas celui d'un putain de tube à essai ».

Alors que je me mettais dans tous mes états, Matt se pencha, alluma son ordinateur et commença à faire des recherches. Il leva les yeux vers moi, son expression anormalement sombre. « Je doute qu'elle soit allée à Seattle, alors on élimine cette option. La première clinique est à Helena. Je suis sûre que c'est là qu'elle sera ».

J'attrapai les clés de mon 4x4 sur la table dans le couloir. « Allons-y ».

J'essayai de me calmer sur le trajet vers Helena mais il semblait que plus on se rapprochait, plus ma frustration grandissait et plus j'appuyais sur la pédale d'accélérateur. Elle ne nous avait même pas donné une chance. Nous avions attendu trop longtemps.

J'étais en colère contre moi-même de ne pas avoir pas agi plus tôt et j'étais énervé contre Matt d'avoir fait un tel bazar avec notre femme lors de leur première rencontre. Vu mes émotions exacerbées, j'aurais probablement dû m'arrêter un instant et réfléchir à ce que j'allais dire et faire. Mais j'étais pressé par l'urgence d'arrêter Rachel avant qu'elle ne commette une erreur. Matt semblait aussi impatient, alors qu'il se ruait vers la porte de la clinique. Nous avions à peine parlé sur le chemin, chacun de nous perdu dans nos propres pensées.

Ouais, nous avions peut-être l'air de fous, mais je m'en fichais. Il était temps d'affirmer ce que nous voulions parce qu'elle prenait une décision sérieuse qui bouleverserait sa vie sans savoir ce que nous ressentions- nous pourrions finir par la perdre pour de bon.

Il était maintenant temps d'agir, pour le meilleur ou pour le pire. C'est ce que je pensais lorsque nous sommes entrés dans la clinique et c'est ce qui m'a donné le courage de passer devant le bureau de la réception, ainsi que les médecins et les infirmières surpris dans le couloir.

Nous nous sommes arrêtés à mi-chemin. De chaque côté de nous se trouvait plusieurs portes fermées.

« Où diable est-elle ? », murmurai-je. Je n'avais aucune idée de la façon dont nous allions retrouver notre femme.

« Je suppose que nous pourrions commencer à ouvrir les portes », répliqua Matt. « Cela semble un peu extrême, même pour nous maintenant, et c'est sûr qu'on va se faire expulser avant de la retrouver ».

Ouais, je n'avais pas l'intention de surprendre un mec en train de se branler dans un pot.

« Excusez-moi, messieurs ».

Nous nous sommes retournés au son de la voix, prêt à l'action, mais nous nous sommes retrouvés face à une femme aux cheveux gris gominés. « La salle d'attente des donneurs est par là ».

La salle d'attente des donneurs ?

Elle pointa dans la direction opposée de l'endroit où nous nous étions dirigés. Matt inclina son chapeau de cow-boy et lui fit un sourire réputé faire fondre toutes les femmes du comté. « Merci beaucoup, madame ».

Oh Seigneur, sa voix de cow-boy était une caricature. Mais s'il avait l'intention d'amadouer l'infirmière, cela faisait l'affaire. Je supposais qu'il avait l'intention de parler avec douceur à la vieille dame pour qu'elle nous dise dans quelle chambre se trouvait Rachel, mais sa tactique s'avéra inutile.

Je la vis marcher de la salle de bain à l'une des portes fermées et entrer à l'intérieur sans regarder dans notre direction. Matt devait l'avoir vu aussi, parce qu'il faisait du charme à la vieille dame. « Nous vous suivons ».

Au moment où elle disparut, nous étions au bout du couloir, nos longues enjambées franchissant la distance en deux secondes avant de pénétrer dans la chambre de Rachel. Elle était assise dans l'une des chaises en plastique inconfortables, un tabloïd sur ses genoux. Sa tête se releva lorsque nous entrâmes et ses yeux s'agrandirent. Peut-être était-ce de la surprise ou de l'horreur dans son regard...

« Ethan ! Mat ? Qu'est-ce que vous faites ici ? ».

Ouais, c'était de l'horreur. Sa jolie peau pâle devint rouge alors qu'elle nous regardait à tour de rôle avec ces yeux ronds et verts.

« Que fais-tu ici ? », demanda Matt.

Je ne pensais pas qu'elle puisse devenir plus rouge, mais j'avais tort. Ses lèvres s'amincirent et elle n'allait pas répondre, même si la réponse était évidente.

« Nous sommes là pour t'empêcher de faire une connerie », dis-je. Si j'avais pris un moment pour réfléchir avant d'avoir parlé, j'aurais peut-être trouvé quelque chose de mieux. Quelque chose qui ne me donnait pas l'air d'avoir perdu la tête.

« Ce qu'il veut dire, c'est que nous voulions te parler », ajouta Matt. Je remarquai qu'il avait enlevé son chapeau et le tordait entre ses mains dans une rare manifestation d'incertitude. Il regarda autour de la pièce stérile et froide et je pouvais voir qu'il était aussi terrifié que moi. Nous la perdions - notre femme, celle que nous attendions depuis toujours - pour une fiole de foutus spermatozoïdes.

«Vous voulez parler *ici* ? », dit-elle, sa voix un peu plus qu'un grincement. « Maintenant ? ».

Je ne savais pas par où commencer. Nous avions besoin de temps. Elle avait besoin de temps pour nous connaître et se rendre compte que nous étions ses hommes. « Ne penses-tu pas que tu te précipites avec cette histoire ? ».

On aurait dit que je l'avais giflée. Pendant une seconde, elle me regarda avec sa bouche entrouverte. Puis elle se mit à m'engueuler, s'approchant de moi et tapant de son doigt sur ma poitrine. « Qu'est-ce qui vous donne le droit de venir ici et de partager votre opinion sur ... ça. ». Elle semblait avoir du mal à le dire. Je l'entendais, chaque mot, mais je devenais de plus en plus dur face à sa vive colère, la façon dont elle me criait dessus et le fait qu'elle me touchait réellement. Ouais, elle me poussait avec son putain de doigt, mais ma bitc ne semblait pas s'en soucier.

« Et qu'est-ce que c'est que *ça*, exactement ? », me récriai-je. Si elle ne pouvait même pas le dire, elle n'était pas prête à s'engager dans cette voie. « Que fais-tu ici, *toi* ? ».

Ses yeux s'écarquillèrent encore plus, cette fois pour me faire savoir que j'avais clairement pété un boulon. « Que penses-tu que je fais ici ? Je vais tomber enceinte ».

« Avec le bébé d'un étranger », ajouta Matt, sa voix entremêlée de colère. Ou peut-être était-ce de douleur. Je ne pouvais pas me résoudre à détourner les yeux de Rachel pour voir son expression.

« Oui », dit-elle, son visage redevenant cramoisi. Elle croisa les bras sur sa poitrine, ses seins se soulevant sous sa robe d'été. « Mais ce ne sont pas tes affaires ».

« En fait, si » termina Matt, sa voix s'élevant dangereusement.

7

Cette fois-ci, c'était à mon tour d'intervenir avant que Matt ne dise ou ne fasse quelque chose que nous regretterions tous les deux ... encore une fois.

« Rachel, nous ne sommes pas là pour te juger, c'est juste que... ».

« C'est exactement ce que vous faites », dit Rachel en jetant un coup d'œil à Matt, puis à moi. « Vous avez envahi ma vie privée, complètement dépassé les limites en tant qu'employeurs, et maintenant vous êtes ici - à la banque de sperme - pour me dire que je commets une erreur ».

Matt fit un bruit qui ressemblait à un grondement, mais elle leva une main. « De quel droit êtes-vous ici ? ». Avant que nous puissions répondre, elle continua, plissant les yeux. « Vous n'avez aucun droit, ici. Je suis votre employée, rien de plus ».

« Mais pourquoi comme ça ? ». Je pouvais entendre le désespoir dans la voix de Matt. « Tu es jeune, belle, intelligente... il n'y a pas d'urgence, non ? ».

Elle se tourna vers lui, sa queue de cheval fouettant l'air. Cette fois, c'est lui sur lui qu'elle pointa son doigt. « Je suis prête à fonder une famille », dit-elle. « C'est ce que j'ai toujours voulu, alors pourquoi ne pas commencer maintenant ? ».

Matt passa une main dans ses cheveux de frustration. « Bien sûr, mais pas avec une putain d'éprouvette. Pourquoi ne pas attendre de rencontrer un homme et... ».

« Si j'attends de trouver un homme, ça n'arrivera jamais ». Les joues de Rachel étaient toujours roses et sa voix était remplie d'une émotion que je n'arrivais pas à reconnaître, mais cela me donnait envie de la serrer contre moi. Quelque chose clochait. Ce n'était pas seulement le fait qu'elle se disait prête. Qu'elle voulait un bébé le plus tôt possible.

Je ne voulais pas qu'elle ait l'impression que nous étions en train de nous liguer contre elle, même si c'était exactement ce que nous faisions. « Pourquoi pas ? », demandai-je, ma voix était beaucoup plus calme.

Elle le remarqua, et Matt aussi, si le fait qu'il leva les sourcils était une indication fiable.

Elle leva les bras en signe d'exaspération. « Crois-moi, ça n'arrivera pas. Pas avant mille ans ».

« Pourquoi pas ? », demanda Matt de nouveau. Il modéra son grondement pour coller à mon ton plus doux.

« Je ne veux pas le dire ».

Je jetai un coup d'œil à Matt, qui fronça les sourcils. Il tendit le bras, mais n'osa pas la toucher. « Nous sommes dans une banque de sperme, ma chérie. Il n'y a plus de secrets pour nous maintenant. Je pense que tu peux tout nous dire, non ? ».

Elle se déplaça d'un pied sur l'autre et baissa le regard vers ses pieds. « Parce que je ne suis pas... attirante comme ça », glissa-t-elle. Sa voix était à peine un murmure. « Pas pour les hommes. Je ne... je ne fais pas cet effct là ».

Son explication brouillonne nous fit échanger un regard de confusion totale. « Tu penses que tu ne fais pas d'effet aux hommes ? », demandai-je.

La pensée était déconcertante, mais elle avait l'air sincère quand elle inclina le menton avec défi. « Je ne suis pas très bonne au lit. Je n'aime pas... l'intimité ».

Elle haussa les épaules comme si ce n'était pas grave, mais l'émotion dans ses yeux la trahit. La colère avait été remplacée par un mélange de dégoût et d'embarras. « Si j'attends ça, j'attendrai longtemps. Je ne veux pas mettre de côté mes rêves parce que je ne peux pas... tu sais ». Elle agita la main en l'air.

« Baiser ? », termina Matt. Je jetai un coup d'œil pour le voir la regarder en état de choc et je savais que mon visage devait avoir la même apparence.

J'essayais de comprendre ce qu'elle disait. Elle n'était pas bonne au lit. Elle ne faisait pas envie aux hommes. Elle n'aimait pas l'intimité.

Oui, bien sûr. Ses joues s'assombrirent à nouveau et son manque de réponse était affirmatif. Il semblait impossible qu'une femme aussi belle que Rachel puisse sérieusement penser qu'elle n'attirait pas les hommes. Mais elle ne le croyait pas, elle le sentait aussi. Le sentait suffisamment pour croire qu'une banque de sperme était sa seule option pour avoir un bébé.

« Pourquoi diable penses-tu que tu ne plais pas aux hommes ? ».

Elle regarda Matt même si c'était moi qui posais la question. Ses grands yeux étaient remplis d'embarras. Elle se mordit la lèvre.

Si seulement elle savait ce que ce petit geste me

faisait, en voyant sa lèvre inférieure rebondie en retrait de ses dents, elle aurait une toute autre opinion d'elle-même.

Des larmes lui montèrent les yeux, mais elle prit une profonde inspiration, et les ravala. J'étais tellement impressionné par sa bravoure, par sa capacité à rester forte quand elle se sentait tout autrement à l'intérieur.

« C'est évident, n'est-ce pas ? Même Matt l'a remarqué la première fois qu'il m'a vu ».

Quand je me tournai vers Matt, il avait l'air aussi confus que moi.

Elle croisa mon regard et laissa échapper un soupir. « Bien. Si vous avez vraiment besoin de m'entendre le dire, je vais vous l'avouer. Je suis vierge ».

Je ne savais pas quoi dire. Mon cerveau était comme court-circuité. J'entendis Matt murmurer « putain de merde » dans un souffle alors qu'il avait du mal à gérer cette information lui aussi. Ce n'était pas comme si nous pensions que Rachel couchait à droite et à gauche. Elle n'avait définitivement pas l'air de quelqu'un qui prenait le sexe à la légère. Mais vierge ? C'était un tout autre niveau d'innocence auquel nous ne nous attendions pas. Elle était jeune, plus jeune que nous, au moins, mais pas si jeune que ça.

Putain, ça voulait dire qu'elle était intacte. Que

personne n'avait vu son corps magnifique, ne l'avait touchée. L'avait faite frémir de plaisir, appris ce qui l'excitait. Aucun homme ne l'avait fait jouir ou entendue crier.

Elle semblait savoir ce que je pensais. Non, elle ne le savait pas parce qu'elle aurait couru jusqu'à la foutue porte pour se sauver.

« C'est la vérité », grommela-t-elle en se dirigeant vers la porte. « Je suis probablement la seule vierge de vingt-six ans en Amérique ».

Elle avait l'air stupéfaite et en colère en même temps, et je réfléchis en essayant de trouver un moyen de redresser la situation. Pour qu'elle comprenne qu'elle pouvait nous faire confiance. Que nous pourrions la rendre heureuse et lui donner tout ce dont elle rêvait.

Matt la rattrapa sur le seuil de la porte et se plaça devant elle, bloquant son chemin. Il aurait dû le faire il y a des mois, l'acculer et lui faire avouer la vérité. Elle n'était pas prête. Mais à présent ? Elle avait pris une décision importante au sujet de sa vie et elle l'avait suivie - ou l'avait fait avant que nous ne l'arrêtions - et maintenant elle serait peut-être prête à tout comprendre. Et nous inclure.

« Tu me retiens ici ? ». Si les regards pouvaient tuer, nous serions tous les deux morts.

« Il est hors de question que tu tombes enceinte d'un étranger anonyme », répliqua Matt.

Rachel était à nous. Il n'y avait aucun moyen que quelqu'un d'autre ne prenne sa virginité. Cette chatte nous appartenait. Oui, nous pouvions être des bâtards égoïstes, mais les choses peuvent changer. Si elle restait immobile et nous écoutait, elle saurait que nous appartenions complètement et uniquement à elle.

« Vous devriez partir. Rien de tout cela ne vous concerne et je n'aurais pas dû dire quoi que ce soit. Merde, maintenant mes patrons connaissent mes secrets les plus sombres ».

« Nous sommes des hommes, ma chérie. En ce moment, ici ? Nous ne sommes pas tes patrons ».

« Ouais, eh bien, peu importe, vous n'êtes pas en mesure de me dire quoi faire. Si je veux avoir un bébé, alors j'ai le droit de le faire ».

Elle avait raison, bien sûr. A propos de tout. Nous violions probablement dix lois différentes sur les droits à la vie privée des employés simplement en étant dans la pièce, mais si nous étions allés aussi loin, il n'y avait aucune putain de façon de partir sans lui dire ce que nous ressentions. Elle nous avait dit qu'elle était vierge, merde, nous devions nous aussi nous dévoiler. Je pris une profonde inspiration et pris la parole lentement.

« Ouais, tu as dit ça. Encore et encore. Et tu as raison. Mais c'est à notre tour de parler ».

Elle resta silencieuse un moment. Ses sourcils se froncèrent, en signe de juste indignation. « D'accord », dit-elle lentement. «Je vous écoute ».

Je regardai Matt et il me fit un signe de tête.

« Nous te voulons, Rachel ».

Les mots restèrent suspendus dans l'air un moment, une présence physique dans la pièce, entre nous trois, attendant que quelqu'un en dise plus.

« Vous me voulez ? », répéta-t-elle. Sa phrase contenait une question.

« On te veut », répéta Matt, se rapprochant d'elle. « Nous te voulons dans tous les sens du terme. Nous voulons ton corps, ton âme et ton cœur ».

« Nous voulons que tu sois notre femme », ajoutai-je. « Pour toujours ».

Elle me regardait fixement, comme si elle ne nous avait pas entendus.

Je regardais Matt. « Pour toujours » répéta-t-il, comme s'il pouvait y avoir un doute.

Son silence était une torture.

Quand elle secoua la tête, il me sembla qu'un couteau tranchait mon intestin. «Je-je... ». Elle s'éclaircit la gorge. « Je ne comprends pas ».

Le soulagement est venu si vite que j'en fus

presque renversé. Elle ne disait pas non. Pourtant, je ne pensais pas que nos mots prêtaient à confusion.

Je tendis la main et je lui fus reconnaissant quand elle n'essaya pas de s'éloigner. C'était la première fois que je la touchais et cela semblait émouvant que cela arrive en cet instant. Après que j'eus parlé. « Nous le savons depuis le début, Rachel. Tu es celle qu'il nous faut ».

« Ça a toujours été toi. Uniquement toi ». Matt s'approcha de moi et nous étions si proches l'un de l'autre que nos épaules se touchaient. Nous étions soudés. Une vraie famille. Maintenant nous avions juste besoin qu'elle le voie.

Elle secoua la tête à nouveau, mais cette fois, il sembla qu'elle essayait d'effacer ses pensées. Comme si elle avait du mal à comprendre ce que nous venions de dire. Lui avions-nous donné trop d'espace ? Avions-nous poussé notre plan si loin qu'elle ne pensait pas que nous nous intéressions à elle ?

Peut être était-ce vraiment un choc pour elle que nous l'ayons convoitée tous ces mois. Peut-être qu'elle n'avait pas réalisé à quel point j'avais été sérieux quand je lui avais dit à quel point ce serait bien si elle était à nous. Avait-elle pensé que nous plaisantions ? Était-ce pour cela qu'elle nous avait ignoré, parce qu'elle avait pensé que nous jouions avec elle ?

Elle leva les yeux vers moi, puis Matt. « Mais, je ne suis pas ton genre. Je ne suis pas... je ne suis pas ... je ne suis pas assez bien ».

« De quoi parles-tu ? », demanda Matt. « Qui a dit tu n'étais pas assez bien ? Je vais lui botter le cul. Merde, Rachel, avec quel genre d'hommes es-tu sorti pour que tu penses ça ? ».

Ses yeux s'arrondirent alors qu'elle le regardait fixement. « Tu as dit ça. Ce jour-là, au rodéo, tu as même dit que je n'étais pas de ton niveau ».

Je jetai un coup d'œil à Matt. Je savais qu'il avait déconné ce jour-là, mais ça ? C'était quoi, ce délire ?

Il semblait que quelqu'un venait de lui donner un coup de poing dans l'intestin. Sa bouche s'est ouverte et le sang s'est vidé de son visage. Il récupéra rapidement et prit son menton dans sa main. « Chérie, tu as tout faux. Quand j'ai dit que tu étais hors de portée, je voulais dire que tu étais trop bien pour tous les losers de cet endroit ». Ses lèvres s'arrêtèrent dans un sourire tordu. « Moi compris ».

« Oh », dit-elle doucement. Ses joues virèrent au rose et ses épaules se détendirent. Je pouvais réellement voir la tension s'écouler de son petit corps. « Vraiment ? ».

Il gémit et je devais lutter contre l'envie de le gifler d'avoir eu une idée aussi stupide. Quatre mois. Quatre mois de confusion parce qu'il avait dit quelque chose de stupide. Quatre mois gaspillés. Quatre mois où j'aurais pu faire plus avec notre femme que de lui tenir la main.

« Bébé, je te le promets, au moment où je t'ai vu venir, je savais que tu étais unique », continua Matt. « J'avais ce besoin fou de te protéger, de t'empêcher de te souiller avec les connards et les baiseurs qui étaient à ce rodéo. Je sais que je me suis mal comporté, et pour cela je suis vraiment désolé. Peux-tu me pardonner ? ».

Je retins mon souffle alors que j'attendais sa réponse. Quand elle acquiesça enfin, je laissai échapper l'air de mes poumons. Impulsivement, je l'attirai dans mes bras et la pressai contre moi, mes lèvres tombant sur les siennes dans un doux baiser qui me donna envie de plus. Ouais, c'était ce qui m'avait manqué. La sensation luxuriante d'elle se pressant contre moi, ses seins recouvrant ma poitrine. Sa bouche. Je gémis. C'était doux et tendre et parfait. Et la façon dont elle se sentait soulagée ? Incroyable.

Quand je reculai, elle me dévisagea, un air étourdi sur son joli visage. Mon Dieu, je ne pouvais pas attendre de voir à quoi elle ressemblerait en prenant du plaisir. Grâce à nous.

Je voulais la faire gémir, la faire supplier et... merde, nous devions sortir d'ici avant que je devienne un donneur de sperme inconscient. Et je ne prendrais pas sa foutue virginité dans cet endroit.

J'écartai les cheveux de son visage, essayant de contenir l'espoir qui menaçait de déborder. « Je sais que je devrais formuler ça comme une question, pour te laisser décider, mais... non. Tu es à nous. Nous sortirons ensemble. Te courtiserons. Merde, et même on baisera, mais on ne te laisse pas partir maintenant ».

Quand elle se mordit la lèvre, hésitante, je me dépêchai de continuer. « Nous allons te montrer à quel point cela pourrait être bon.»

Elle se lécha les lèvres et j'entendis Matt gémir à côté de moi. J'aurais parié que je n'étais pas le seul à bander bien fort dans cette pièce.

« Je ne sais pas si je peux vous rendre heureux ». Sa voix était si calme que je devais me pencher pour l'entendre. « Je ne sais pas comment on fait... tu sais... au lit ».

Ces mots tendirent encore plus ma bite contre la fermeture éclair de mon jean.

« Laisse nous nous inquiéter de ça », déclara Matt. « Notre priorité est que tu te sentes en sécurité, chérie, et heureuse. Et bien satisfaite ». Il lui fit un clin d'œil, puis passa un bras autour de sa taille et l'attira à lui.

Le connard, je voulais la prendre dans mes bras. Je

n'avais eu qu'un moment rapide sur ses lèvres et j'en voulais plus. Elle était comme une foutue drogue.

« S'assurer que tu es satisfaite au lit fait partie de la proposition » ajouta-t-il.

Je regardais autour de la pièce froide avec son éclairage fluorescent. « Chérie, je peux te le promettre : si tu nous accompagnes, Matt et moi, tu passeras un bien meilleur moment qu'essayer de tomber enceinte ici ».

« C'est vrai. Si tu veux un bébé, tu en auras un de notre part. À l'ancienne » ajouta Matt, son regard de braise, comme s'il pensait à la remplir de son sperme et à lui faire un bébé.

Elle rigola et je sentis une vague de chaleur me traverser. Putain, je voulais l'entendre rire tous les jours de ma vie. Mais pour l'instant, j'avais besoin de la sentir. La goûter. Si je ne l'avais pas bientôt dans mon lit, j'aurais pu perdre la tête.

« Je suis en bonne santé, bébé » dit Matt. J'étais impressionné qu'il se souvienne de quelque chose d'aussi important. « J'ai fait des tests, j'ai même la paperasse ».

« Moi aussi. Tu n'as pas à t'inquiéter de quoi que ce soit avec nous », ajoutai-je. Elle était vierge, donc les chances qu'elle ait une MST ou autre étaient infimes, mais elle avait sûrement été testée par la banque de sperme. Je n'avais aucun intérêt à repousser cette conversation plus tard. Je voulais que son esprit soit libre de tout souci. Je voulais que son esprit soit complètement libre.

Elle hocha la tête, puis devint sérieuse. Je pouvais pratiquement voir son esprit se mettre en branle, essayer de penser à l'avance et de planifier chaque étape. Notre femme était pratique. « Mais si je tombe enceinte ? » demanda-t-elle. « Je ne pourrais pas vous demander d'être les pères. C'est trop tôt, nous savons à peine... ».

Je posai mes doigts sur ses lèvres douces pour l'empêcher de finir. Putain, elles étaient douces. Et quand sa langue sortit et lécha mes doigts si légèrement, j'étouffai un gémissement.

« Tu n'as pas entendu ce que nous avons dit ? » demanda Matt. « Nous sommes là pour rester. Pour toujours. Ethan et moi avons toujours voulu une grande famille. Nous attendions la femme qu'il nous fallait ». Par son sourire merdique, il était clair qu'il supposait que c'était une affaire réglée. Ses objections majeures avaient été surmontées et maintenant il était temps de fêter ça. Pas seulement faire la fête, mais faire un bébé. « Si tu veux un bébé, nous t'en donnerons un. Mais nous faisons cela, comme nous l'avons dit, à l'ancienne. Nos bites au fond de cette chatte vierge te rempliront de notre semence. Ça te va ? ».

Je regardais alors elle rougissait, en entendant les mots de Matt. C'était lui, le bavard. Ce genre de phrases était ce qui nous avait plongés dans ce désordre, mais nous lui avions dit que nous la voulions. Merde, nous étions dans une banque de sperme. Il était temps qu'elle sache ce que nous ferions avec elle, comment elle obtiendrait ce bébé qu'elle voulait tellement.

« Qui tu veux d'abord, ma chérie ? Qui vas-tu laisser t'ouvrir pour la première fois ? ».

Rachel jeta un coup d'œil entre nous deux et elle se mordit de nouveau la lèvre. Un sourire lent et timide se répandit sur son visage. « Ce n'est pas juste », répondit-elle. « Je ne peux pas choisir. Surprenez-moi ».

Oh, nous la surprendrions. Nous regardions alors que ses yeux s'élargissaient au plaisir que nous lui donnerions, ce qu'elle ressentirait si ses hommes prenaient soin d'elle. La baisaient, la remplissaient. La marquaient. Et le moment était venu.

8

 ACHEL

Surprenez-moi ? Qu'est-ce qui m'était arrivée ? Je n'avais jamais été aussi audacieuse, surtout avec les hommes. Mais ils avaient souri de manière presque coquine à ça et bougèrent si vite, j'étais sûre que ma tête tournait.

Je ne savais pas qu'ils avaient été si intéressés par moi. Matt m'avait clairement fait comprendre que je n'étais pas ce qu'il recherchait. Le cow-boy musclé me l'avait dit franchement et avec une clarté embarrassante.

Puis Ethan avait été autoritaire et dominant au

Barking Dog cette nuit-là, mais ensuite rien. Plus rien. C'était comme s'ils s'étaient refermés. Ils ne se sont jamais approchés à moins d'un mètre de moi, ils m'avaient seulement regardée dans les yeux quand ils parlaient des affaires du ranch et même alors, c'était avec une indifférence froide qui me disait tout ce que j'avais besoin de savoir.

Les deux cowboys sexy n'étaient pas intéressés.

Mais maintenant ? Je me sentais nerveuse et possédée, à la fois nerveuse et très confuse. Ils me voulaient. Ils me voulaient depuis le début ! Ils étaient venus jusqu'à Helena pour me le dire. Pour me dire la vérité sur leurs sentiments.

Pendant tout ce temps, j'avais pensé autrement. Je gémissais intérieurement de tout le chagrin et de la frustration qui auraient pu être évités. Combien de nuits avais-je été éveillée, angoissée et triste ? Trop. Tellement que j'avais décidé de tomber enceinte toute seule.

Et ce plan n'était pas quelque chose qu'ils avaient l'air d'apprécier. Oh non. Leurs instincts néanderthaliens ressurgissaient. Ils me voulaient et si j'allais avoir un bébé, ils allaient me baiser jusqu'à ce que nous en fassions un.

Juste ciel. Ma chatte me faisait mal à cette idée, pourtant j'étais également pétrifiée par la peur. Je leur avais dit la vérité, je n'étais pas douée pour l'intimité. Et si je paniquais ?

Alors qu'Ethan m'aidait à rassembler mes affaires, Matt téléphonait et je l'entendais réserver une chambre dans un hôtel proche. Je les regardais avec de grands yeux, fixant leurs jeans bien usés qui s'adaptaient parfaitement à leurs fesses dures et à leurs cuisses puissantes. Matt était plus maigre qu'Ethan, mais ses épaules étaient larges et bien moulées dans son t-shirt gris. Ethan portait une chemise à carreaux avec les manches retroussées, je ne pouvais pas manquer ces avant-bras forts et bronzés grâce à toutes ces heures passées à l'extérieur. Et toute cette beauté masculine allait être à moi... j'allais pouvoir les toucher, les saisir, les lécher et ....

Matt raccrocha, fit un rapide signe de tête à Ethan et tendit la main vers moi. Eh bien. Un hôtel ? Maintenant ? Quand ils avaient dit qu'ils souhaitaient avoir un enfant, je n'avais pas réalisé qu'ils voulaient dire *maintenant*. J'avais à peine commencé à enregistrer le fait que ces deux hommes sexy, charmants, outrageusement beaux s'intéressaient à moi. Non, ils n'étaient pas seulement intéressés. Ils me voulaient pour toujours.

Ces mots me firent frissonner. Au plus profond de moi. Je ne pouvais pas croire qu'ils avaient vraiment dit ça. Zut, je ne pouvais toujours pas croire qu'ils me voulaient. Moi. La vierge de vingt-six ans. Leur prude et coincée employée. Ils pouvaient avoir toutes les femmes qu'ils souhaitaient et c'était moi qu'ils voulaient.

J'espérais juste qu'ils ne changeraient pas d'avis après une nuit passée au lit avec moi. Et si ça ne se passait pas bien ?

Je rejetai cette pensée. Ils étaient adultes, de vrais hommes de Bridgewater. Je savais comment les choses se passaient. J'avais observé les histoires de Bridgewater se dérouler autour de moi toute ma vie.

Si Ethan et Matt disaient que je leur appartenaient, j'avais besoin de leur faire confiance. Ils savaient ce qu'ils voulaient. Ils se sentaient un peu honteux de ne pas avoir dévoilé leurs sentiments avant. J'avais beau être vierge, mais je n'étais pas désemparée pour autant. Maintenant, leur intérêt était évident. Pourquoi avaient-ils été voulu me le cacher tout ce temps ?

« Est-ce que tu vas bien ? Tu as l'air un peu étourdi » dit Ethan en me conduisant au parking. Le soleil brillait et il faisait chaud après la sensation fraîche et impersonnelle de la clinique. Sa main était posée sur mes reins et elle me semblait... rassurante. Il ne m'avait pas touché avant le baiser. Je ne me souvenais même pas d'une poignée de main. Mais ce baiser ? Mon Dieu, comme ça avait été bon. Mes lèvres picotaient encore.

Étourdie ? Oui, on pouvait dire ça.

Je hochais la tête. « Je vais bien ». Je me sentais juste perturbée par le fait que ma vie était devenue un vrai conte de fées en l'espace de dix minutes. Je n'allais pas obtenir de sperme à partir d'un tube à essai. J'allais pouvoir m'abreuver directement à la source, par deux fois.

Deux types allaient m'emmener de l'hôtel et me baiser probablement pendant des heures. Ces choses n'arrivent pas à des gens comme moi. C'était parce que j'étais vierge. Mais maintenant ? J'avais l'impression que les choses allaient se dérouler très vite, si je me fiais à leur regard lubrique.

Mais c'était en train d'arriver. Alors qu'Ethan m'aidait à monter dans le 4x4 de Matt, je compris que non seulement cela se produisait, mais que nous allions avoir des rapports sexuels dans quelques minutes à peine. Je ne serais plus vierge.

Je pris une grande inspiration et j'essayai de calmer ma respiration. Cette fois ce fut Matt qui me lança un regard inquiet. Je réussis à lui glisser un mince sourire et ses yeux fixèrent la route de nouveau.

L'hôtel était juste en bas de la rue, nous y arrivâmes donc très rapidement. Tout se passait si vite. Trop vite. Au moment où nous avons atteint la chambre et qu'ils avaient refermé la porte derrière nous, la panique s'installa en moi.

Je ne savais pas ce que je faisais. Et une fois que je serai au lit, ils verraient ça. Et si je les décevais ? Et si je me figeais comme à chaque fois que j'avais essayé de me rapprocher d'un homme ? Et si je ne leur plaisais pas ? Et s'ils n'aimaient pas mon corps et qu'ils changeaient d'avis ? J'avais en tête l'image horrible de leur expression alors qu'ils se rendaient finalement compte que la femme qu'ils voulaient était une ratée.

Oh mon Dieu, ce serait humiliant. Je ne pouvais pas faire ça. Je me dirigeais droit vers le chagrin et la déception.

J'étais tellement prise dans mes pensées paranoïaques que je n'avais pas réalisé que Matt et Ethan s'étaient arrêtés devant moi et m'observaient avec inquiétude.

« Respire, Rachel », dit Ethan, plaçant ses mains sur mes épaules.

La sensation dure de ses mains me permit de me recentrer au lieu de me perdre en pensées folles et je levais les yeux vers lui. Je sentis la chaleur de ses paumes, la pression de ses doigts, le poids de son toucher.

« Respire. Doucement. Bien », dit-il.

Matt passa sa main sur ma tête, ses doigts glissant dans mes cheveux. «Bon sang, ma chérie, on ne va pas te faire de mal ».

Je secouai la tête. « Non, ce n'est pas ça ». Je fermai les yeux, soupirai. J'avais déjà foiré. « Je n'ai pas peur de vous ».

Les deux hommes se renfrognèrent alors qu'ils me surplombaient, bloquant la lumière qui venait de la fenêtre de la chambre d'hôtel.

« Alors qu'est-ce que c'est ? », demanda Ethan d'une voix douce.

« Je sais que nous avons foiré au début, mais tu connais la vérité maintenant. Nous sommes là pour toi. A fond ». Matt attrapa ma main et j'étais sûre qu'il remarqua à quel point elle était froide. « Bébé, tu peux tout nous dire ».

Même ça ? Leur avouer que j'allais les décevoir ? Que j'étais frigide ? Depuis ma première fois, j'avais envie d'en parler à quelqu'un. Non, pas juste quelqu'un. Je voulais leur dire, à eux. J'avais besoin qu'ils sachent pourquoi je n'étais pas la femme qu'ils imaginaient, pourquoi je ne leur donnerais jamais ce dont ils avaient besoin. Ils étaient très virils – bourrés de testostérone - et je doutais que je puisse répondre à tous leurs besoins.

J'ai tout déballé, comme si j'arrachais un pansement.

« Il y a eu mec... à l'université ».

Les deux hommes reculèrent comme s'ils réalisaient soudainement que c'était un sujet sérieux. Ce n'était pas quelque chose de simple, comme si j'avais peur d'avoir mal. Ouais, je m'inquiétais un peu pour ça aussi parce que ces gars, j'en étais sûre, étaient énormes, si le reste de leur corps était une indication.

Matt garda ma main dans la sienne alors qu'il me conduisit vers le lit. Je me suis assise sur le coin pendant qu'ils tiraient les deux chaises de la pièce pour me faire face. Ethan se pencha en avant, posa ses avant-bras sur ses cuisses, ses yeux sombres se concentrèrent sur moi. Même s'ils avaient été prêts à me déflorer, leur expression avait maintenant changé. Ils s'intéressaient à ce que j'avais à dire, ce qui me stressait. Deux visages robustes et beaux me regardaient. Attendaient.

« J'étais à la fac. J'avais déjà eu des petits amis, rien de sérieux ». Je haussai les épaules. Je n'avais pas à expliquer ce que sérieux signifiait pour eux puisque je leur avais déjà dit que j'étais vierge. « Il y avait un gars, la première année. C'était notre troisième rendez-vous. Nous n'avions rien fait de plus qu'échanger baiser ».

La main de Matt me serra la main et je le regardai,

sa mâchoire carrée se crispant. Était-il contrarié de savoir que j'avais embrassé quelqu'un d'autre ou avait-il une idée de ce que j'allais lui raconter ?

Je pris une profonde inspiration, et crachai le morceau. « Il est venu me chercher à mon dortoir. Nous étions censés aller à une fête, mais il a dit qu'il voulait faire la fête avec moi uniquement ».

Je me sentais nauséeuse en me souvenant de cette phrase ringarde et ridicule. Puis, j'avais été un peu excitée. Flattée, même.

Mon regard passait de l'un à l'autre. Ils attendaient, patiemment. Je ne pouvais pas m'en sortir maintenant.

« Nous avons commencé à nous embrasser. Il m'a allongée sur mon lit et il s'est allongé sur moi. Il est devenu agressif et je lui ai dit non. J'ai essayé de le repousser, mais il était trop fort ». Je ne respirais plus, mais je réussis quand même à prendre une profonde inspiration. Je n'osai pas les regarder, et je contemplai la moquette vert foncé. « Il a dit que je le désirais, qu'il serait un amant doux, que j'étais une allumeuse ». Je relevai la tête. « Je ne l'ai pas allumé. Je n'ai pas fait ça ».

Ethan hocha simplement la tête, aussi, je continuai.

« Il a déboutonné mon chemisier et mon pantalon quand ma camarade de chambre est entrée. Il a sursauté et je lui ai dit de sortir. Julia a été d'une grande aide, elle a failli lui botter le cul, et ensuite elle est sortie faire suffisamment de bruit dans le couloir pour que d'autres personnes rappliquent ».

Je secouai ma tête. « Le reste n'a pas d'importance, c'est juste que je n'aime pas être touchée. Je me fige quand je me retrouve avec un autre homme ».

« Je veux le nom du gars », grogna Matt.

Ma bouche resta ouverte. « Andy », dis-je sans réfléchir. « Pourquoi ? C'était il y a si longtemps ».

« Parce que je vais le retrouver et lui botter le cul ».

Il était très sérieux.

« Je vais t'aider » ajouta Ethan. Je regardai ses poings se serrer.

Je me mis alors à éclater de rire, me sentant plus légère que jamais.

« Tu ne peux pas le traquer, pas maintenant ».

La main de Matt serra la mienne, me relevant pour que je me tienne juste devant lui, entre ses genoux écartés. Ses yeux gris étaient au même niveau que les miens. « Nous prenons soin de ce qui est à nous ».

Mon cœur battait la chamade.

« Tu n'as rien fait de mal. Fais-nous confiance. Je peux voir que tes mamelons sont durs en ce moment et je parie que ta chatte est mouillée juste en pensant à nous. Ton esprit peut bien dire que tu es nerveuse, mais ton corps dit le contraire ».

C'était vrai.

« Quand nous te toucherons, tu n'y penseras plus parce que nous allons faire les choses correctement. Tu vas ressentir. Seulement du plaisir », déclara Matt. Sa main glissa autour de ma taille et j'en sentis la chaleur à travers mon chemisier. « Crois-moi, tu vas avoir tellement d'orgasmes que tu ne te souviendras même plus comment tu t'appelles ».

Oh mon Dieu.

« Nous n'allons pas te presser d'être avec nous si tu n'es pas à l'aise », surenchérit Ethan. « Mais, ma chérie, je peux te le dire tout de suite, nous ne te toucherons que quand tu le voudras et d'une manière qui ne te procurera que du plaisir ».

Matt poussa un gémissement. « Quand tu seras prête, nous te montrerons ce que cela peut être avec des hommes qui ne veulent pas te prendre quelque chose. Nous allons te donner ce dont tu as besoin ».

Oh. Mon corps s'adoucit, mes tétons durcirent encore plus en entendant leurs paroles. Je pensais que j'aurais souhaité avoir plus de temps, que ces deux-là seraient trop pour moi et que je paniquerais. Mais ces pensées appartenaient au passé. Ils m'avaient écoutée et non seulement ils me désiraient toujours, mais ils me désiraient encore plu

Je me concentrai à nouveau et pris un peu de recul pour les affronter. « Je n'ai pas besoin de plus de temps, j'ai juste besoin de votre patience. Ça pourrait me prendre un moment, avant de... euh... ».

Je ne pouvais pas finir ma phrase, mais ils semblaient savoir ce que je voulais dire.

« Ma chérie, nous allons faire ça aussi lentement que tu le souhaites », dit Ethan. La chaleur dans ses yeux était suffisante pour me couper toute envie de terminer ma phrase.

Le bras de Matt se resserra autour de ma taille. « Nous serons doux. Tu n'auras qu'à pousser des cris, des gémissements et en redemander encore ». Il esquissa un sourire, ce qui me fit sourire à mon tour. « C'est d'accord ? ».

Je hochai la tête. « C'est d'accord ».

9

Matt

Je voulais tabasser Andy. Où qu'il soit. Quoi qu'il soit. Je devais juste espérer qu'il avait eu une sorte d'infection méchante ou quelque chose qui avait fait ratatiner et tomber sa bite. Mais d'un côté, bizarrement, j'avais également envie de le remercier. Aucun type n'avait touché Rachel parce qu'Andy avait été un connard et elle était juste pour nous. Savoir qu'elle était vierge me faisait dresser ma bite. Ouais, c'était l'homme des cavernes en moi qui pensait ça, voulant tout pour moi... et Ethan.

Personne d'autre ne saurait à quoi elle ressemblait,

ne verrait ses yeux se troubler par l'excitation ou n'entendrait ses halètements de plaisir. Putain, non. Tout ça n'était que pour nous deux. Et même si bien sûr, cela me faisait mal de savoir qu'elle avait été maltraitée, et agressée par ce connard, je savais que nous allions prendre soin d'elle.

Sa première fois serait parfaite. Pas un truc maladroit et rapide comme à l'université. Non, nous ferions ça bien. Ce serait une expérience incroyable. La responsabilité était grande, mais j'étais prêt à relever le défi.

Elle était si belle. Non, pas un mannequin pour maillot de bain, mais encore mieux. Ses cheveux châtains étaient tirés en une simple queue de cheval, dévoilant ses pommettes hautes, ses lèvres pleines. Elle portait seulement un peu de maquillage. Elle n'avait pas besoin de plus. Elle était parfaite telle quelle. « Une chose que tu vas apprendre maintenant, bébé, c'est que nous allons te protéger ».

« Et possessifs », ajouta Ethan.

« Et un peu obsessionnels, aussi ». Je passai mon doigt sur sa douce joue. « Je l'admets, je suis obsédé par toi depuis que tu es venu me voir, toute belle et candide au rodéo ».

Ses épaules se détendirent et elle laissa échapper un petit rire. « Candide ? Je ne suis pas candide ».

Je lui fis un clin d'œil, heureux de retrouver son état habituel. Je préférerais qu'elle crache du feu plutôt que de verser larmes.

« Je ne pouvais pas m'empêcher de regarder le doux balancement de tes hanches sous ton jean, la façon dont tes seins bombaient ton chemisier rose pâle quand tu t'approchais de moi ».

Sa bouche resta ouverte. « Tu te souviens de ce que je portais ? ».

Je hochai la tête, continuai à caresser sa peau, glissai mon doigt le long de son cou. « Je me souviens de tout ».

« Oh ».

« Une chose, bébé ».

Ses yeux verts se levèrent pour rencontrer les miens. « Je suis parfois comme un petit garçon avec un jouet. Si Ethan t'embrasse, je veux un baiser, moi aussi ».

Je ne savais pas comment aborder une femme qui, visiblement, avait été traumatisée de par le passé. Nous pourrions aller chercher à manger, la séduire au cours des prochaines semaines, voire des mois, et espérer qu'elle finirait lentement par nous faire confiance. Mais je ne pensais pas que la confiance était un problème. J'avais vu la chaleur dans son regard, lors du rodéo. Mes mots l'avaient excitée. Et énervée.

Elle avait juste besoin d'être cajolée, guidée, littéralement tenue par la main jusqu'à ce que son esprit rattrape son corps et décide qu'elle nous voulait.

Elle esquissa un sourire. « Tu te sens négligé ? », demanda-t-elle.

Je hochai la tête. « Ce n'est pas juste : il a goûté ces jolies lèvres et pas moi ».

Ethan rit derrière moi.

« Oui, je vois ». Elle posa une main sur ma poitrine et il ne faisait aucun doute qu'elle pouvait sentir mon cœur battre de façon frénétique. « Je dois donc faire preuve d'équité avec mes baisers ».

Je baissai la tête. Je l'embrassai, juste un doux frottement de mes lèvres sur les siennes, avant de relever la tête.

« Ok ? », demandai-je en l'étudiant de près. La tension de ses muscles, sa respiration, la couleur de ses joues. Tout était parfait.

Ses yeux s'arrondirent. Oui, elle était troublée. « Oh oui », souffla-t-elle.

Je repoussai doucement son visage avec mon nez. « C'est toi qui décides ».

« Tu veux m'embrasser, alors ? » contra-t-elle.

Je lui souris. « Oui m'dame ».

Je l'embrassai à nouveau, cette fois avec moins de prudence et beaucoup plus de chaleur. Je glissai mes doigts dans ses cheveux, lui inclinai la tête comme je le souhaitais. Ma langue passa sur sa lèvre inférieure et elle haleta. J'en profitai pour me plonger en elle, la goûter pleinement pour la première fois.

Elle gémit et j'en ressentis les vibrations jusque dans mes paumes.

Ethan se déplaça pour se tenir derrière elle ; elle était alors entre nous deux, nous respirant. Ses mains glissaient sur ses côtés. Alors que je fermai les yeux, je ne pouvais pas voir ce qu'il faisait, mais je savais qu'il était doux. Et précautionneux.

Elle ne rechigna pas, n'eut pas peur. Non, tout le contraire. Elle s'est fondue en moi comme un cornet de crème glacée au soleil.

C'était tellement bon de l'embrasser. Quelque chose de simple - quoique pas si innocent - me faisait bander comme jamais auparavant je n'avais bandé. Sachant qu'elle nous voulait, qu'elle connaissait notre besoin pour elle, rendaient les choses encore meilleur. Il n'y avait rien entre nous maintenant. Sauf nos foutus vêtements.

«Encore ? » demandai-je en levant enfin la tête. Ethan avait fait glisser le col de son chemisier pour exposer la ligne de son cou et une partie de son épaule. Il léchait sa peau tendre.

Ses yeux étaient sombres et gris, ses lèvres rouges et brillantes. « Encore », souffla-t-elle.

Je reculai, passai ma chemise par-dessus ma tête, et la laissai tomber par terre. Ses yeux s'élargirent alors qu'elle regardait ma poitrine nue et je vis une qu'elle appréciait ce qu'elle voyait.

« Tu peux toucher », murmurai-je. *J'en mourrais d'envie.*

Elle tendit sa main, ses doigts me frôlant, courant le long de mes poils. Alors que son doigt contourna mon mamelon, je poussai un sifflement.

« Attention, chérie. Il pourrait exploser ».

Rachel fronça les sourcils.

Je tendis la main, je montrais ma bite dure dans mon pantalon tout en lui faisant un sourire coquin. « Je serais un peu embarrassé si je jouissais dans mon pantalon ».

Ses yeux regardèrent ma main presser ma bite, espérant ainsi calmer mon ardeur à la prendre.

« Je veux voir », dit-elle de sa voix timide.

Mes yeux s'écarquillèrent, mais je ne tardai pas à enlever mes bottes. Si elle voulait voir ma bite, elle la verrait. Je n'étais pas modeste. Mes mains furetèrent jusqu'au bouton avant de glisser sur la fermeture éclair, puis de retirer mon pantalon. Je retirai mon boxer en même temps et me tins devant elle complètement nue. Ma bite se dressait droit vers elle. Je devais en saisir la base, la serrer fort, tout simplement pour m'empêcher de jouir en voyant la façon dont sa bouche s'ouvrait, ses yeux brillant.

« Est-ce que … Je veux dire, hum. Wow ». Elle pointait l'engin du doigt.

Ethan se dirigea vers le lit, assis sur le bord.

« Je ne pense pas que ça va pouvoir entrer ».

« Il va rentrer. Et moi aussi » répondit Ethan. «Tu seras gentille et mouillée. Je parie que tu l'es maintenant, n'est-ce pas ? ».

Elle se mordit la lèvre, regarda Ethan, hocha la tête.

« Est ce que tu te touches, ma chérie ? » demanda-t-il.

« Oui ». Une jolie rougeur monta dans son cou.

« Montre-nous » dis-je, de ma voix la plus douce. Rien que l'imaginer allongée dans son lit, les cuisses écartées alors qu'elle jouait avec sa chatte avait provoqué une sortie de liquide pré-séminal.

Si elle avait dit non, nous nous serions arrêtés, mais elle n'avait aucune idée de ce qu'il fallait faire. C'était notre travail de la guider. Alors que les mots étaient autoritaires et directifs, il n'y avait pas d'autre moyen de l'amener à se toucher, sauf peut-être en virant le mot « s'il te plaît » à la fin.

Elle n'attendit pas cette fois, ne nous regarda même pas avec ces yeux prudents. Ses doigts défirent le bouton de son jean et glissèrent le long de la fermeture éclair, lui laissant suffisamment de place pour se glisser à l'intérieur. Je pouvais distinguer la dentelle lavande de sa culotte, mais rien d'autre. Même ainsi, voir sa main dans son pantalon était la chose la plus érotique que je n'aie jamais vue.

Elle se tenait devant nous, ses yeux brillants, découvrant probablement à quel point elle était mouillée. Un petit gémissement s'échappa quand elle se frotta le clitoris.

« Fais-toi jouir ».

Ses yeux se fermèrent alors que sa main commençait à bouger en petits cercles.

Je jetai un coup d'œil à Ethan qui avait ouvert son pantalon et caressait lentement sa bite. Mes couilles me faisaient mal à la vue de notre femme. Je n'allais pas pouvoir me retenir. Pas possible.

« Arrête », gémis-je.

La main de Rachel se figea et elle me regarda, les yeux embués, un petit froncement de sourcils sur son front.

« Je ne peux plus supporter tout ça. Tu es trop magnifique. Montre-moi tes doigts ».

Elle les glissa de sous sa culotte, les leva.

Ethan gémit alors que nous pouvions voir à quel point ils étaient luisants. Je lui saisis doucement la main, levai les doigts vers ma bouche et les léchais. Ses yeux s'ouvrirent et sa bouche s'arrondit alors que son parfum recouvrait ma langue.

Oui, je n'allais pas pouvoir me retenir plus longtemps. Avec Rachel ? Je ne savais pas si j'allais survivre à tout ce qui nous attendait. Savoir que nous étions ses premiers, que nous allions la prendre nue, la remplir de notre semence et lui faire un bébé ? C'était trop....

10

Oh. Mon. Dieu.

Ethan était assis sur le lit en train de se caresser lui-même, en train de caresser son sexe énorme, et Matt avait l'air d'un homme sur le point d'exploser. Tout comme il me l'avait dit, je le rendais complètement fou. Mais il ne m'avait pas jetée sur le lit, il n'était pas monté sur moi. Non, il m'avait seulement embrassée. Et quel baiser ce fut !

Mais il avait léché ma mouille sur mes doigts. Le coup de sa langue, la succion, alla droit à mon clitoris. Mon clitoris douloureux depuis qu'ils m'avaient faite me toucher. J'avais été proche de venir, aussi. Juste debout devant eux, sachant qu'ils regardaient était si excitant. Les voir maintenant, comme ça, était excitant.

Tous deux était très excités. Matt disait qu'il ne pouvait plus supporter. Eh bien, on était deux. Ouais, j'étais vierge et j'étais inquiète de voir comment leurs grosses queues allaient rentrer en moi, mais je le voulais. Je les voulais tous les deux.

Je n'avais pas peur. Ils étaient tellement sacrément prudents que je commençais à être frustrée. Ils étaient trop prudents maintenant. J'avais apprécié cela à propos d'eux, leur considération pour moi, qu'ils voulaient rendre cela parfait, mais parfait signifiait que nous étions nus et qu'ils faisaient ce qu'ils voulaient avec moi. Et oui, à moi.

Je voulais que ces deux hommes me disent quoi faire. Sachant qu'ils étaient doués pour cela, ils me guideraient vers un plaisir que je n'aurais jamais imaginé, mes doigts allèrent jusqu'à l'ourlet de mon chemisier, et je le passai par-dessus ma tête. Ma queue de cheval fut prise dans le tissu et je la libérais, laissant mon chemisier tomber par terre.

Ethan jura entre ses dents alors qu'ils regardaient tous les deux mes seins recouverts de la dentelle couleur lavande. Heureusement, j'avais mis un joli ensemble assorti ce matin. Je regardai les doigts de

Matt se recroqueviller sur ses flancs et la main d'Ethan remua encore plus vite sur sa bite.

« Touchez-moi », leur dis-je. Ils n'allaient pas le faire à moins que je le leur dise. Ils voulaient mon consentement. Besoin de mon consentement. « S'il vous plaît ».

Matt leva une main. « Bébé, tu as été agressée et maintenant tu as deux hommes qui souhaitent te prendre. Je ne veux pas que tu paniques ».

Ils étaient très prévenants. Oui, j'avais été agressée et cela m'avait affectée des années durant. Cela me paraissait étrange, même pour moi, mais je ne craignais pas d'avoir un flash-back ; je savais que leur contact ne me mettrait pas mal à l'aise. Pas le moins du monde. Peut-être que c'était juste que tous les gars qui avaient essayé de se rapprocher de moi avant n'étaient ni Ethan ni Matt. Peut-être que je les attendais.

« Je suis peut-être vierge, mais je suis à peu près certaine qu'il existe tout un tas de positions que l'on peut essayer ».

Les yeux d'Ethan s'enflammèrent.

Je me mordis la lèvre. « Peut-être que nous pouvons commencer par ça. Peut-être ... peut-être que nous pouvons commencer avec vous deux, nus. »

Oui, j'étais audacieuse. Je n'avais jamais su que j'avais ça en moi. Mais ils me permettaient de l'être.

Matt était déjà nu, et il se contenta de sourire. Mais Ethan ? Bon sang, je n'avais vu un homme se déshabiller de toute ma vie. Il lutta avec ses bottes, et l'une d'entre elles heurta la commode.

Et quand ils furent nus devant moi... wow.

Je lorgnai. Quelle femme ne le ferait pas en face de deux étalons magnifiques, manifestement désireux d'elle?

Matt était mince et grand, ses muscles couraient à fleur de peau. Ses poils sur la poitrine étaient sombres et se terminaient à son nombril et en une mince ligne qui allait à la base de sa queue. Wow, une bite vraiment impressionnante. Elle était plus longue que celle d'Ethan mais ça ne disait pas grand-chose parce qu'Ethan était énorme. Je me suis mise à douter en imaginant la bite de Matt à l'intérieur de moi. Pourrait-il rentrer en entier ?

Je m'inquiéterais de ça plus tard. Pour l'instant, je toucherais. Ils avaient dit que je pouvais. Je m'approchai d'eux, posai une main sur chacune de leurs poitrines, sentis leur peau chaude, leurs respirations.

« Nous sommes des hommes différents, ma chérie », dit Ethan, sa voix profonde alors que je passais mes paumes sur ses mamelons. « Mais je te promets que nous allons tous les deux te faire jouir. Fort ».

Je léchai mes lèvres, baissai les yeux, laissai mes

doigts glisser plus bas et encore plus bas. Et lorsque ma main se tint au niveau de leurs queues, je les regardais en clignant des cils.

« Maintenant poupée ».

Le grondement de Matt était tout ce dont j'avais besoin pour saisir chacun d'eux. De l'acier chaud. Ils étaient si durs, mais leur peau était si douce. Presque comme du velours.

Les deux hommes gémirent et je sentis une poussée d'humidité recouvrir mes paumes. Je les regardais à nouveau tous les deux. Ils souriaient. « Je t'ai dit que je ne pouvais plus supporter ce que tu nous fais subir. Nous allons jouir dans tes mains au lieu de ta douce chatte si tu continues comme ça.»

Les mots de Matt me firent les lâcher et ils gémirent une fois de plus.

« Il est temps de te contempler », déclara Ethan. « Peux-tu enlever le reste de tes vêtements ? ».

Je hochai la tête et quatre mains se précipitèrent sur moi, détachant habilement mon soutien-gorge, enlevant mes chaussures, puis baissant mon jean jusqu'à mes chevilles. Et quand Ethan baissa ma culotte... avec ses dents, c'était trop. Putain, c'était vraiment trop.

Je ris. Non pas trop, leur bite en moi serait trop.

Ils me regardaient tous les deux comme si j'étais devenue folle.

« Tu vas bien ? », demanda Ethan.

Je hochais la tête. « Ouais, c'est juste un peu surréaliste, tout ça ».

Les deux hommes s'approchèrent, Matt s'installa derrière moi, sa queue pressant contre le bas de mon dos, Ethan devant moi. Il prit mon menton. « Nous t'avons à peine touchée ».

Ils remédièrent à cela assez rapidement. Les lèvres de Matt se posèrent sur mon cou, léchaient et embrassaient mon épaule. Les mains d'Ethan me couvraient les seins en m'embrassant.

J'étais perdue. Trop de mains, trop de bouches. En quelques secondes, j'étais perdue dans un tourbillon de plaisir. J'étais si petite qu'Ethan tomba à genoux et mes seins se trouvèrent à la hauteur parfaite pour sa bouche.

Il me sourit. « J'aime qu'ils soient roses. Voyons voir si je peux les rendre rouge cerise avec ma bouche ».

Mes mains caressèrent sa tête, s'emmêlant instantanément dans ses cheveux quand il suça un mamelon. Oh. Mon. Dieu. Ils durcirent, l'un contre sa langue, l'autre entre ses doigts alors qu'il jouait avec, le tirait, et le pinçait même. Alors qu'il s'affairait, les mains de Matt erraient, de haut en bas dans mon dos, puis plus bas et entre mes jambes.

Quand son doigt glissa sur ma fente, mes hanches se contractèrent.

« Tu es trempée », murmura-t-il à mon oreille. « Je te goûte toujours ».

Ethan s'arracha à mon mamelon avec un bruit. « Je ne l'ai pas encore goûté », grommela-t-il. Ses mains glissèrent le long de mes hanches jusqu'à mes cuisses, glissèrent vers l'intérieur et écartèrent doucement mes jambes. « C'est mon tour ».

Il n'hésita pas, et fit preuve de rudesse. Il semblait en avoir fini avec la douceur et ça me convenait. Je ne me sentais pas menacée. C'était même exactement le contraire. Je n'avais aucune idée des sensations que pouvait procurer une langue. Contre mes tétons et maintenant, bon sang, sur mon clitoris. Ethan était habile, jouant de sa bouche tandis que Matt glissait un doigt à l'intérieur de moi par derrière, tout en le tournant.

« Si serrée ».

Je ne relâchai pas ma main sur la tête d'Ethan, je me contentai de pousser mes hanches en direction de sa bouche et sur le doigt de Matt. « Je vais... je vais jouir. Putain de merde, c'est si bon ». Matt me répondit. « Si tu es toujours capable de parler, c'est que nous ne faisons pas les choses correctement ».

Ethan signifia son accord avec un murmure, les vibrations de celui-ci me poussèrent à bout. Je jouis, arrachant pratiquement les cheveux d'Ethan pendant que je me débattais pour ne pas sombrer. Mon cri fendit l'air et j'étais contente que Matt me retienne avec un bras autour de ma taille sinon j'aurais fondu sur le sol comme une flaque d'eau.

Oui... oui. Oui !

Ils continuèrent leurs attentions, mais moins fortes, baissant en intensité jusqu'à ce que mon orgasme reflue.

« Wow », dis-je.

Ethan recula et je relâchais finalement ma prise. Il rit en passant sa main sur sa tête, il s'assit sur ses talons.

« J'aime t'entendre jouir», murmura Matt en embrassant mon épaule.

« Nous n'avons pas fini, ma chérie », promit Ethan. « C'était juste un échauffement ».

Ah oui, j'étais toute échauffée. Mes muscles étaient comme du caramel mou, ma peau humide de sueur. J'eus le sentiment qu'ils avaient raison. Je ne serais plus capable d'aligner deux mots s'ils continuaient à me faire jouir comme ça. Et j'avais le sentiment qu'ils allaient le faire. Encore et encore.

« Encore » ai-je dit. « En moi. À présent. Mon Dieu s'il vous plaît ».

Matt vint et se tint à côté d'Ethan. Ils m'étudiaient de près, s'assurant sans doute que j'étais toujours d'accord. Ce qui était le cas. J'étais beaucoup plus que d'accord.

« Tu veux nos chevaucher nos queues pour ta première fois ? » s'enquit Matt.

Je hochai la tête. Peut-être que c'était mieux. Même si je faisais confiance à ces deux-là et savais qu'ils n'étaient pas Andy, je ne voulais pas gâcher le moment par un quelconque désagrément s'ils me pressaient sur le matelas.

Matt se déplaça vers le lit, tira les couvertures et les draps en arrière, s'assit, les jambes étendues, la tête en arrière sur le lit. Sa bite droite et bien tendue. Il me pointa du doigt, me faisant signe. Ils m'avaient à peine touchée et je les voulais.

Ethan se leva, puis m'aida à monter sur le lit, me mettant sur mes genoux, pour que je chevauche les hanches de Matt, sa bite directement sous moi.

« Attends », dit Matt, se penchant en avant et prenant mon téton dans sa bouche. Il le lécha avec sa langue, tirant, le mordillant avec un bruit de succion. Il sourit. « Oh oui ».

Mon vagin se contracta. Maintenant, je me sentais vide et j'avais besoin d'être remplie.

Il posa ses mains sur mes hanches alors que je tremblais, sentis la large tête de sa queue à mon entrée.

« Prends ton temps, bébé. Doucement et gentiment. »

Même si les tendons dans le cou de Matt étaient contractés, il m'offrit un sourire facile et j'aimai cet air presque enjoué. Oui, dans une dizaine de secondes je n'allais plus être vierge. C'était une grosse affaire. Le faire avec les deux était un grand pas. C'était le cas pour eux aussi, si je me basais sur tout ce qu'ils avaient dit. Mais il ne le rendait pas sérieux maintenant.

Je m'abaissai et commençai à m'ouvrir pour lui. Mes yeux s'élargirent, car je n'étais pas habituée à être ainsi écartelée. Son doigt avait été en moi, mais ce n'était rien comparé à son chibre. Je me levai, et retombai, la gravité aidant. Je sentis ses doigts se serrer sur mes hanches, puis se détendre.

Le lit s'affaissa et Ethan vint s'asseoir à côté de moi. Sa main glissa le long de mon dos et il commença à parler. Des mots cochon, des mots qui me donnaient envie d'avoir Matt en moi.

J'aime te voir prendre la bite de Matt. Tu es parfaite pour nous. C'est tout. Plus profond. Tu peux tout prendre. Bientôt, ce sera mon tour. Ma bite est si dure pour toi. Je suis très impatient de savoir que tu seras à nous. Accueille ce bébé que nous voulons tous.

Matt réussit à entrer sa queue en moi, mais c'était serré. Vraiment serré. Mes parois intérieures ondulèrent et je me déplaçai un peu, m'ajustant pour bien le prendre. J'étais mouillée, c'était incroyable, et cela avait été beaucoup plus facile que prévu. Ce fut seulement quand je fus assise directement sur ses genoux, mes fesses reposant sur ses cuisses nues, que je réalisai que ça n'avait pas fait mal.

« Je pensais que c'était censé être douloureux » dis-je, avec un filet de voix. « Qu'il y eût du sang et que ça faisait mal ».

Matt serrait les dents. « Je pense à l'Angleterre en ce moment en essayant de ne pas jouir. Bébé, tu es tellement serrée que je crois que je ne vais pas pouvoir durer plus longtemps ». Je ris, je remontais un peu, puis je redescendis.

« Oh », dis-je, mes yeux s'écarquillant. C'était bon.

« Toutes les femmes n'ont pas d'hymen, ou il s'est déchiré à un moment donné. Est-ce que ça a de l'importance ? », demanda Ethan.

Je me levai et m'abaissai de nouveau, cette fois un

peu plus loin et un peu plus en arrière. Je criais. « Non. Non, ça n'a pas d'importance du tout », dis dans un soupir.

« Putain », murmura Matt. « Je suis si content de savoir que tu n'as pas mal. Seulement du plaisir, n'est-ce pas ? ».

Je hochai la tête, ma queue de cheval chatouillant mon dos.

« Merde », ajouta Ethan alors que je commençai à prendre le rythme. Je pouvais sentir mes seins rebondir, mais je m'en fichais. Je ne recherchais que du plaisir, écrasant mon clitoris contre Matt. « Tu es magnifique, ma chérie. Jouis pour nous ».

Je baisais avec abandon. Même si je ne l'avais jamais fait auparavant, je commençais à comprendre assez vite. Je savais ce qui me plaisait et je le voulais. Mais je n'y arrivais pas et il semblait qu'Ethan le savait parce que je sentais ses doigts sur mon clitoris.

J'ouvris les yeux en tournant la tête et je le regardai. « C'est bien. Maintenant tu peux jouir. Tu y arriveras grâce à nous deux ».

Je recommençai à bouger et ça ne prit pas longtemps, pas avec la touche experte d'Ethan. Il savait bien s'y prendre avec un clitoris. Mes cuisses tremblaient, mes parois intérieures étaient serrées, mes tétons se contractaient. Je cédai au plaisir, arquai mon dos, et criai.

Je sentis la prise de Matt se serrer, le sentis s'épaissir en moi. Il me retint, avança ses hanches et gémit. Il était si profond en moi que je sentis les giclées chaudes de sa semence. Je savais qu'il ressentait le même bonheur que moi. Je le lui avais donné, l'avait fait ressentir ça.

Ce fut difficile de reprendre mon souffle et pour une raison étrange, la point de mes oreilles me picotait.

« À mon tour », dit Ethan. Je pouvais entendre le besoin dans sa voix. J'avais joui deux fois et il attendait toujours. Jetant un coup d'œil à Matt, je vis qu'il n'était plus tendu, mais qu'il avait un sourire rusé sur son visage, ses joues rouges.

« Sois une bonne fille et donne à Ethan ce qu'il veut ».

Je me mordis la lèvre, jeta un coup d'œil à Ethan, puis acquiesçai. Matt me souleva facilement et s'éloigna et je haletai, chaque endroit à l'intérieur de moi s'éveillant et s'impatientant d'en avoir plus. Je sentis sa semence couler moi et une goutte tomba sur la cuisse de Matt.

Ethan grogna, m'éloigna de Matt et me retourna sur le dos. Je haletai, mais j'aimais ça. Il se leva, m'attrapa la cheville et me tira pour que je sois de travers sur le lit, Matt s'éloignant. Ethan ne libéra pas ma cheville, mais prit également l'autre. J'étais ouverte pour lui, mes fesses juste au bord du lit.

« Ça va ? », demanda-t-il. Même dur comme une pierre et très désireux de baiser, il pensait encore à moi d'abord.

Je hochai la tête, puis je dis : « Oui ». Je voulais qu'il l'entende, qu'il sache que je le voulais.

Il grogna, plia les genoux et s'aligna. Il glissa en un long, lent coup. J'étais un peu contractée, définitivement sensibilisée par Matt, mais j'étais aussi plus préparée. J'étais mouillée non seulement avec mes secrétions mais aussi par la semence de Matt. Ethan m'étirait comme Matt et je me sentais encore mieux. Ses doigts agrippèrent mes chevilles, les plaçant de chaque côté de ses hanches alors qu'il commençait à me baiser à un rythme régulier.

« Si serrée. Si parfaite, ma chérie » dit-il. Ses yeux noirs rencontrèrent les miens et je ne pus m'empêcher de hocher de nouveau la tête. C'était parfait. « Un de ces jours, nous allons te prendre ensemble. Matt dans ta chatte et je vais prendre dans ton cul vierge ».

Je gémis à la pensée des deux à l'intérieur de moi en même temps.

Cet angle était complètement différent de quand je

chevauchais Matt. Ethan sur des endroits en moi complètement inédits, et quand il releva mes deux chevilles jusqu'à l'épaule droite, j'étais un peu inclinée, je jurai que mes yeux roulaient dans ma tête.

« Putain », marmonnai-je. C'était trop bon. J'étais vraiment contente de tous ces cours de yoga mais je n'avais plus de neurones pour penser à autre chose que jouir à nouveau.

Je sentis à peine le changement dans le lit avant qu'une bouche ne se referme sur mon mamelon. Mes doigts allèrent droit aux cheveux de Matt, comme pour m'ancrer en lui.

Quand Ethan déplaça de nouveau mes chevilles et que chacune d'elles fut sur ses épaules, je levai les yeux vers lui. « Je vais jouir ».

« Gentille fille. Jouis et je jouirais avec toi ».

La tête de Matt s'approcha et il me regarda. « Nous sommes comme des adolescents excités. Nous avons toute la nuit, bébé. Ne t'inquiète pas. La prochaine fois nous ne serons pas si rapides ».

Je l'entendis. J'enregistrai ses mots. À peine. Puis Ethan me pilonna et je jouis. Mes pensées disparurent. Les mots moururent. Je ne pouvais même pas crier, il n'y avait pas de son. Chaque muscle de mon corps se tendait, la sueur éclatait sur ma peau et j'étais partie. Loin. Il fut possible que je me sois évanouie un instant, mais je ne pouvais pas être sûre. Tout ce que je savais, c'était qu'Ethan jouissait lui aussi en criant férocement mon nom.

Avant que je puisse reprendre mon souffle, j'étais emmaillotée sous les couvertures, mes hommes de chaque côté de moi. « Dors », murmura l'un d'eux. « Tu en auras besoin. Nous n'en avons pas fini avec toi. Loin de là ».

11

Matt

La vie était belle. Vraiment belle. En fait, au cours des trois dernières semaines, la vie n'avait jamais été aussi belle. Je pouvais honnêtement dire que pour la première fois depuis que j'avais quitté le base-ball professionnel, j'étais heureux. Heureux d'une manière que je n'avais jamais pensé possible, pas même lorsque j'avais le job de mes rêves.

Et c'était grâce à Rachel. Nous l'avions possédée dans cette chambre d'hôtel de Helena, et nous avions passé chaque nuit - et souvent chaque journée - à la prendre encore et encore. J'étais insatiable et heureusement, c'était la même chose pour elle. Elle était peut-être vierge, mais elle n'était pas timide. Non, elle était audacieuse et enjouée, curieuse et sauvage, dès le départ.

Jusqu'à présent, l'opération « Mettre Rachel enceinte » n'avait pas été un franc succès... en tout cas, on faisait tout notre possible pour la mettre enceinte. Et ça se passait plutôt bien de ce côté-là.

Nous nous étions installés dans une routine. Bien qu'elle n'ait pas encore emménagée avec nous, je partageais avec Ethan une cabane sur le ranch, une cabane que nous avions construite en vue d'avoir un jour une grande famille - elle y passait la nuit de plus en plus souvent. Elle aimait se réveiller entre nous et j'aimais me réveiller et la prendre dans mes bras.

J'étais content, suffisamment content pour oublier que j'avais postulé il y avait plusieurs mois pour un poste d'entraîneur de lanceur pour les Giants de San Francisco. Mais ils m'avaient appelé à l'improviste et je me suis souvenu de l'époque où j'étais joueur de baseball professionnel. Le frisson, les hauts et les bas, les efforts physiques. Tout cela me manquait. Au cours de la dernière semaine, j'avais parlé avec quelques entraîneurs et ils semblaient s'intéresser à moi. Je ne pouvais plus être un joueur, mais le fait de faire partie de l'organisation me faisait ressentir... à nouveau vivant, d'une façon que je n'avais pas ressentie depuis ma blessure à l'épaule.

Je n'en avais pas encore parlé à Ethan ou à Rachel. Il n'était pas nécessaire de leur en parler avant que ce ne soit sûr. Si c'était le cas, on saurait gérer.

Ce n'est pas que je n'aimais pas travailler au ranch, car c'était le cas. C'était ma propriété qui avait pris vie. Les gens appréciaient leur visite, découvraient le Montana que j'avais appris à aimer. Et dernièrement ? J'appréciais encore plus le fait de pouvoir baiser notre directrice sexy quand je le souhaitais. Ouais, c'était mesquin et petit, mais Rachel pouvait profiter de ses deux patrons quand elle le souhaitait, elle aussi.

La femme en question entra dans mon bureau, à la fois sexy et douce, et surtout extrêmement bandante. La transition entre patrons désintéressés et patrons amants avait été étonnamment simple. Nous avions établi des règles de base dès le départ pour faciliter la vie de Rachel, et d'autres pour garder les choses intéressantes. Elle aimait jouer et nous étions heureux de la satisfaire.

Une règle était qu'elle n'était pas autorisée à porter de jeans durant son travail. Seulement des jupes et des robes. Non pas parce que nous avions décidé de changer ses codes vestimentaires, mais simplement parce qu'il était beaucoup plus difficile de la baiser où nous le voulions et quand nous le souhaitions quand elle portait des jeans. Comme Ethan l'avait si bien indiqué à Rachel - il fallait beaucoup s'entraîner pour qu'elle tombe enceinte. Si nous étions sérieux à propos du bébé, nous devions profiter pleinement de chaque opportunité. C'était un travail difficile mais quelqu'un devait bien s'y coller, n'est-ce pas ?

Personne n'aimait cette règle plus que Rachel. Il s'est avéré que notre petite vierge cachait bien son jeu. Maintenant qu'elle avait compris à quel point c'était bon, elle n'en avait jamais assez. Il n'y avait que nous trois dans la pièce à l'arrière. Alors que les employés étaient affairés à la réception et un peu partout dans Hawk's Landing, la zone administrative était notre domaine. Ce n'était pas complètement privé, mais la porte de bureau nous permettait de maintenir une séparation.

Elle sourit en s'approchant de mon bureau en tenant un bloc-notes, tout en plaçant le petit message rose sur mon bureau. « Tu as reçu un coup de fil ».

Avec ma main levée, je l'ai arrêtée. « Ne bouge pas, mademoiselle. Tourne-toi et ferme la porte ».

Je tentai mon ton le plus sévère, et j'adorai la façon dont ses joues viraient au rose au moment où elle réalisait que j'étais en mode patron. C'était comme ça qu'elle m'appelait quand je devenais autoritaire au bureau. Ou au lit. Oui, elle aimait être dominée par ses deux hommes. Et elle aimait jouer le rôle de secrétaire sexy jusque dans les moindres détails. Elle fit comme je demandais puis se retourna.

Je savais qu'elle était instantanément excitée quand nous passions à cette forme de jeu. Une chatte humide ne ment jamais. Bon sang, je suppose qu'elle mouillait déjà pour moi en ce moment et j'avais à peine commencé. Je hochai la tête en direction de la jolie jupe qu'elle portait. Elle lui arrivait juste au-dessus du genou. Rien d'impudique ou d'inapproprié.

« Soulève la ».

Elle se mordit la lèvre mais ne protesta pas. Ses doigts agrippèrent l'ourlet et elle la souleva lentement, m'offrant un aperçu taquin de ses cuisses crémeuses. Merde, elle avait appris à être une allumeuse en quelques semaines. Encore un mois et Ethan et moi serions royalement foutus, tellement entichés d'elle et avec une érection permanente qui nous empêcherait de marcher.

Une fois sa jupe au-dessus de ses hanches, j'aperçus sa culotte blanche en dentelle et je me suis déplacé sur ma chaise de bureau. Cette vision, jupe relevée, culotte apparente était incomparablement sexy. Heureusement, le renflement de mon pantalon était caché par mon bureau. Je me raclai la gorge et la regardai en haussant les sourcils.

Son rougissement devint plus prononcé, mais un petit sourire traversa son joli visage. « Désolée j'avais oublié ».

Je secouai la tête avec une déception feinte. Se promener sans culotte était une règle que nous avions instaurée depuis que même lui enlever ses strings en dentelle devenait beaucoup trop compliqué. Nous avions déjà arraché un nombre important de sous-vêtements. Quand elle nous fit remarquer que notre acharnement lui coûtait une petite fortune, nous prîmes la décision qu'elle ne porterait plus de culotte.

« Qu'avons-nous dit à propos des culottes ? Elles ne font que nous gêner. Si tu veux que ta chatte soit bien remplie de sperme, tu ne dois pas porter de culotte ».

Elle acquiesça. « Je sais. Je suis désolée ». Elle n'avait pas l'air désolée du tout et j'essayais de ne pas sourire. Sa culotte ne nous empêcherait pas de remplir sa chatte.

Je hochai la tête en pointant du doigt sa culotte. «Enlève ça ».

Elle la fit glisser le long de ses hanches et je gémis devant ce spectacle. Bon sang, je ne me lasserais jamais de ce spectacle. Sa chatte était nue à l'exception d'une petite bande soignée de poils sombres rasés court. Je ne pouvais pas manquer les lèvres roses et la façon dont elles luisaient à cause de sa mouille... et de notre semence lorsque nous l'avions baisée ce matin avant qu'elle n'entre dans le bureau.

Ethan entra dans la pièce et surprit Rachel, qui baissa rapidement les mains.

J'agitai un doigt pour lui faire comprendre qu'elle devait les relever. Il regarda notre femme avec sa jupe autour de sa taille et s'arrêta, se retourna et verrouilla la porte. J'étais sûr que le désir inscrit sur son visage était un écho du mien. Cette femme nous en faisait vraiment voir de toutes les couleurs.

Il ne s'était même pas arrêté pour demander ce que nous faisions ou pour prendre de nos nouvelles. Ethan déposa sa pile de paperasse sur le rebord de mon bureau et alla vers Rachel, tombant à genoux et enfouissant son visage entre ses cuisses.

Elle poussa un cri, sa tête retombant alors que ses mains lâchaient la jupe pour pouvoir agripper sa nuque.

Merde. J'étais tellement excité à le regarder la dévorer que je dus sortir ma queue de mon jean et la caresser pour trouver un peu de soulagement. Ses gémissements et ses soupirs allaient me poursuivre jusque dans mes rêves. Ethan poussa un grognement sourd en enfouissant sa langue dans sa chatte.

Putain, j'étais jaloux. Je n'avais qu'une envie, c'était la goûter à nouveau. Cela faisait douze heures qu'elle était assise sur mon visage et c'était beaucoup trop long.

Son orgasme était fantastique à regarder. Elle était si réactive, si prompte au plaisir. Si j'avais chronométré la scène, j'aurais dit qu'il avait fallu moins d'une minute à Ethan pour la faire jouir. Elle se mordit la lèvre pour étouffer ses sons. Alors que nous n'étions pas près des clients du ranch, nous ne voulions absolument pas partager ce que nous faisions avec Rachel avec qui que ce soit.

Quand il eut arrêté de chevaucher son visage, Ethan recula, s'essuya la bouche du revers de la main et se tourna vers moi avec un sourire bien large. « Est-ce que je suis en train d'interrompre quelque chose ? ».

Rachel avait l'air ébahie et heureuse à la fois, ses joues rougissaient. Plus belle que je ne l'avais jamais vue. Mais il y avait quelque chose que je mourrais d'envie de faire - un fantasme que je soupçonnais qu'elle avait également, mais j'avais peur de l'accomplir avant qu'elle ne soit prête. Mais elle avait l'air de bien aimer tout ce que nous lui faisions, et elle en redemandait.

Je la regardai se renverser contre mon bureau, ses

jambes écartées alors qu'un sourire candide s'étalait sur son visage.

Oui, elle était prête.

« Tu m'as interrompu », dis-je à Ethan. Mon regard n'avait jamais quitté Rachel. « Notre chérie a oublié une des règles principales : elle porte une culotte ».

Je jetai un coup d'œil à Ethan avant de regarder Rachel, et lui fit un clin d'œil. Il émit un petit sifflement de désapprobation. Sa voix devint sévère, il savait clairement où je voulais en venir. « Il y a une bonne raison pour ces règles, Rachel. Afin de pouvoir te donner ce dont tu as besoin ».

Elle se redressa sur le bureau, hochant la tête. « Je suis désolée », dit-elle doucement.

Je regardai sa chatte et je vis qu'elle était encore humide comme je l'avais deviné.

« Tu ne t'en tireras pas à si bon compte », dis-je en me plaçant devant le bureau, les bras croisés sur ma poitrine. « Tu as besoin d'une bonne leçon ».

Ses yeux brillèrent, mais je lui fis un clin d'œil, tout comme Ethan, pour lui faire savoir que nous jouions. Quelque peu. Oui, elle aurait une leçon, mais seulement si elle en voulait une. Tout ce qu'elle avait à faire était d'être d'accord et nous lui donnerions du plaisir, d'une manière entièrement nouvelle.

Elle se mordit la lèvre, inclina la tête. « Quel genre de leçon ? », demanda-t-elle pudiquement.

Bingo.

« Penche-toi sur le bureau et soulève ta jupe », lui ordonna Ethan.

Elle le regarda, puis se retourna pour s'appuyer sur ses avant-bras. Elle leva les yeux vers moi et je lui répondis par un hochement de tête. D'une main, elle releva sa jupe, dévoilant les deux globes pâles de son cul parfait.

« Me baiser n'est pas une punition », dit-elle.

Je continuai à caresser ma bite pendant qu'Ethan descendit sa main pour lui donner une fessée. Le claquement résonna dans toute la pièce et je la regardai se raidir, ses yeux s'agrandirent. Elle jeta alors un coup d'œil par-dessus son épaule.

« Ethan », murmura-t-elle. « On peut nous entendre ! ».

C'était vrai. Ce que nous faisions avec Rachel ne devait pas être de notoriété publique.

Ethan grogna, frottant sa paume sur la chair. « J'aime la façon dont mon empreinte est toute chaude et rose. Tu auras ta fessée plus tard ».

J'ouvris l'un de mes tiroirs, sortis le plug et le lubrifiant que j'avais gardés, attendant le bon moment pour m'en servir. Nous allions la prendre ensemble; Ethan l'avait mentionné. Nous n'avions rien fait pour la préparer. Jusqu'à maintenant.

Je tendis le plug et le lubrifiant à Ethan, tandis que Rachel n'en ratait pas une miette.

« En attendant, nous allons enfoncer ce plug en toi ».

« Un truc dans mon cul pour me punir ? », demanda-t-elle avec une pointe de frayeur dans la voix.

Ethan s'installa sur le côté du bureau pour qu'elle puisse bien le voir sans se tordre le cou. Elle resta en place, étendue sur mon bureau, si docile.

Nous avons secoué la tête. « Sûrement pas. Tu vas adorer. Comme je l'ai dit, ta punition est une fessée. Plus tard, dans la chambre. Mais je vais te mettre ce plug, et ensuite te prendre avec ma queue ».

« J'aurai mon tour, moi aussi », ajoutai-je, afin qu'elle soit bien sûre qu'elle allait recevoir nos deux queues.

« Tu vas donc devoir garder ce plug jusqu'à ce soir ».

Elle se releva, sa jupe retombant en place. Dommage. « Quoi ? ».

Ethan sourit. Tu n'oublieras pas à qui tu appartiens, n'est-ce pas ?« Notre plug dans ton cul et notre sperme qui coule le long de tes cuisses ? ».

« Je n'ai pas besoin de ça pour m'en souvenir », contra-t-elle en grommelant.

Ethan se déplaça derrière elle, la pressa doucement sur mon bureau, relevant sa jupe. Il posa le plug à côté d'elle sur le bureau et il ouvrit la bouteille de lubrifiant. Alors qu'il en fit couler un filet généreux le long de la raie de ses fesses, elle poussa un petit cri.

« Tu ne dois jamais oublier de ne pas porter de culotte ».

Elle pinça les lèvres, réalisant sans doute qu'elle était à court d'arguments. Je lui souris, puis lui fis un clin d'œil, sachant que nous jouions encore. Mais quand ses yeux s'élargirent alors qu'il appuya le plug sur son petit trou vierge, le jeu prit une autre tournure.

Il était important qu'elle soit préparée. Nous ne voulions pas lui faire de mal.

Je caressais ma bite pendant que je regardais Ethan qui commençait à lui préparer le cul. Elle se tortillait et respirait en même temps, mais je pouvais voir en la regardant qu'elle était très excitée. Quand il attrapa le plug, le lubrifia avant de lui mettre bien au fond avec précaution, elle poussa un profond gémissement.

« Je reviens tout de suite », dit Ethan, se dirigeant vers ma salle de bain privée pour se rafraîchir.

Je me suis alors levé, pour faire le tour du bureau,

je vis l'extrémité violette du plug qui dépassait de ses fesses, ses lèvres luisantes et la marque rose sur son cul. « Je vais presque jouir rien qu'en voyant ton cul. Je vais te prendre vite et fort ».

« Oui », souffla-t-elle.

Je m'avançai derrière elle, glissant doucement dans sa chatte avide. Elle était tellement mouillée et je savais qu'elle était encore pleine de notre semence, au plus profond d'elle-même. Je gémis et elle étouffa un cri. Ethan réapparut.

« Je pensais que j'étais le premier ».

« Tu dois jouer »,dis-je en agrippant ses hanches. J'allais jouir et je ne la besognais que depuis dix secondes. Il n'y avait pas de rythme à mes mouvements, seulement la forte claque de la chair contre la chair, alors que je la prenais. Je poussai un peu plus le plug et je savais qu'elle prenait beaucoup de plaisir. C'est quand ses parois intérieures se sont resserrées et contractées que je jouis, mes doigts agrippant ses hanches tandis que je serrai les dents pour étouffer le cri de plaisir.

Ma respiration était haletante alors que je me retirais et que je voyais ma semence s'écouler d'elle. Ethan me poussa du pied car il ne perdit pas de temps à la baiser. Une fois qu'il fût confortablement installé en elle, Rachel jouit, ses doigts glissant sur le bois de mon bureau, son dos arqué, sa bouche ouverte dans un cri silencieux.

Ethan continua à la baiser alors qu'elle était en proie à un orgasme brutal. Il la baisait fortement, comme si elle voulait bien être sûr qu'elle tomberait enceinte. Je me suis instantanément mis à bander à l'idée de tout ce sperme qui allait la rendre enceinte.

Il poussa un grognement au moment où il eut un orgasme, se retira et tenta avec son sexe de remettre dans sa chatte le sperme qui s'en écoulait. Elle jouit une seconde fois et s'effondra sur le bureau. Elle avait été bien baisée, et surtout bien aimée.

Nous rangeâmes nos bites dans nos pantalons, tandis qu'elle reprenait ses esprits. Je l'aidais à se relever, elle tendit son bras afin de retrouver son équilibre, sa jupe retombant en place. Ses joues étaient rouges, ses yeux brillaient et je ne pouvais m'empêcher de sourire.

« Ce n'était pas si mal, n'est-ce pas ? Le plug n'est pas si gros que ça », ajoutai-je.

Ethan se pencha, murmura à son oreille. « Imagine que ce soit ma queue à la place du plug ».

Elle se mordit la lèvre, leva les yeux vers lui.

Je tapotai ma main sur son cul recouvert par sa jupe, senti le bout du plug. « Retour au travail », dis-je en saisissant son carnet de notes et en la dirigeant vers la porte. Je ne pouvais pas m'empêcher de rire, sachant qu'elle serait incapable de faire quoi que ce soit pour le restant de la journée.

APRÈS ÊTRE RETOMBÉ sur ma chaise de bureau, j'aurais pu avoir droit à une sieste après cette partie de jambes en l'air ludique et très agréable... mais le cerveau de Rachel s'était remis au travail. « Ce message... ». Elle montra la note qu'elle avait apportée. « Tu as reçu un appel d'un type des Giants de San Francisco ».

Les yeux d'Ethan s'élargirent alors qu'il s'installait sur la chaise devant mon bureau. Il ne semblait pas rassasié non plus.

« Les Giants ? » demanda-t-il.

« Et il est question d'y aller en avion ? » ajouta Rachel. Son expression montrait qu'elle souhaitait une réponse.

Bon sang, ce n'était pas comme ça que je voulais leur parler du nouveau travail. Le nouveau boulot *potentiel* . C'est pourquoi j'avais gardé mes appels téléphoniques pour moi. Ce n'était pas une affaire conclue et si je l'obtenais - ce qui était énorme - j'avais prévu d'annoncer la nouvelle avec soin pour éviter un moment exactement comme celui-ci.

Je me suis gratté la tête pendant qu'ils me fixaient. Rachel avait l'air enceinte, pleine d'espoir même. Ethan semblait prêt à me frapper à la mâchoire.

« Écoute, je peux t'expliquer », ai-je dit. « Tout a commencé il y a six mois. Bien avant toi. Bien avant même le rodéo. C'était une opportunité et j'y ai réfléchi. C'est tout ».

« Ouais, mais c'est à San Francisco », répliqua Ethan.

Je hochai la tête. « C'est une façon de revenir en première division. Ce n'est pas encore sûr. C'est juste une discussion, à ce stade ».

« Et aller en Californie », ajouta Ethan. Il n'aimait certainement pas cette possibilité.

Rachel arborait encore son doux sourire, mais ses yeux étaient remplis d'une tristesse qui me faisait mal à la poitrine.

Je me levai, allai vers elle et prit sa main dans la mienne. « Bébé, cela ne change rien du tout. Je veux toujours être avec toi. Je veux notre famille ».

Elle acquiesça rapidement et son sourire s'agrandit, bien qu'un peu trop rapidement. « Je suis heureuse pour toi, Matt. Vraiment ».

Avant que je puisse lui répondre, on frappa à la porte. Rachel alla l'ouvrir. L'une des réceptionnistes lui parla brièvement. L'expression de Rachel changea.

« Les nouveaux invités ont besoin d'aide. Laisse-moi m'occuper d'eux et je reviendrai ».

Je continuai à regarder dans sa direction, même après que la porte fût refermée. Même si je détestais la voir partir sans résoudre ce problème, j'étais content qu'elle ne soit pas là pour entendre Ethan et moi nous engueuler. Je me suis retourné lentement, prêt à la lutte qui s'annonçait.

« Comment as-tu pu garder ça secret ? » cria-t-il.

Voilà, l'orage allait me tomber dessus.

« Ethan, laisse-moi t'expliquer... ».

« Quand allais-tu me le dire ? » demanda-t-il. « Quand allais-tu le dire à Rachel ? ».

Je me raidis. Les choses avec Rachel étaient si merveilleuses, mais si inhabituelles. Elle commençait tout juste à se sentir en sécurité avec nous et nous nous adaptions tous à l'idée d'être potentiellement des parents et une vraie famille. Bon sang, elle avait eu un plug dans le cul pour la première fois. Il était encore trop tôt pour aborder la question du déménagement ou d'une relation à distance - les deux seules options si cet emploi de rêve devenait réalité. Je ne m'y attendais pas vraiment.

« J'allais vous en parler à tous les deux », ai-je dit, en essayant de garder ma voix calme. « Je n'ai eu de leurs nouvelles que pour la première fois la semaine dernière et je ne voulais pas en parler si je ne l'obtenais pas. Sinon, cela ne ferait que stresser tout le monde sans raison. Ce qui est le cas maintenant ».

« Stresser tout le monde ? » répéta Ethan. « Bien sûr que oui. C'est le cas. On a enfin tout ce qu'on a toujours voulu et tu es sur le point de tout gâcher ».

« Je ne gâche rien. Bordel, ne sois pas si théâtral ». C'était la mauvaise chose à dire. Son visage devint rouge comme une betterave et pendant un instant, je me suis dit qu'il allait avoir un infarctus.

« Matt, on essaie d'avoir un bébé. On vient de la baiser sur ton bureau. On l'a mise à nu depuis le début. Pendant des semaines. Tu comprends ce que ça veut dire ? ».

Je devais faire attention. « Écoute, mec, je sais ce pour quoi j'ai signé avec Rachel et toi et je ne me défile pas ».

« Évidemment, puisque tu viens de la baiser ! ». Il pinça ses lèvres, et ne rien dit de plus. Son silence ressemblait à celui d'un juge, d'un jury et du bourreau, en même temps. Merde, il ne me donnait même pas une chance de m'expliquer. Je sentais la colère monter en moi. C'est exactement pour ça que je ne lui avais rien dit. Je savais qu'il réagirait de façon excessive.

« Ai-je déjà manqué à mes responsabilités ? » demandai-je, en passant ma main dans mes cheveux. «

Fais-moi un peu confiance. Si je m'engageais à vous aider à élever un enfant, alors je le ferais ».

Une partie de la tension disparut, mais Ethan avait toujours l'air frustré. « Je ne comprends pas. Tu as tout ce que tu veux ici... ».

« Non », je l'ai interrompu. « TU as tout ce que tu veux. Tu n'as jamais voulu quitter Bridgewater. Diriger un ranch a toujours été ton rêve. Mais ce n'était pas le mien ».

Merde, ça s'était mal passé. Ethan avait l'air d'avoir reçu un coup de poing.

Je basculai ma tête en arrière avec un gémissement, regardant le plafond. « Écoute, je suis désolé. Ce n'est pas ce que je voulais dire. J'adore ce que nous avons ici. Le business, notre relation avec Rachel....c'est parfait ».

Ethan me contempla tranquillement. «Mais ? », finit-il par lâcher ».

« Mais tu dois comprendre. J'ai perdu tout ce à quoi j'ai consacré ma vie entièrc à cause d'un mauvais lancer. Bien que j'aime ce que j'ai maintenant, le baseball professionnel a toujours été mon rêve. Et je l'avais. Pendant un court moment, j'ai été au sommet du monde. C'est si mal que ça de vouloir en faire partie à nouveau ? ».

Il était silencieux et je savais qu'il ne fallait pas le

pousser. « Et nous ? » demanda-t-il. « Nous trois. Comment notre famille s'intègre-t-elle dans tes rêves ? ».

Je passai encore une fois ma main dans mes cheveux parce que c'était la question à un million de dollars et celle pour laquelle je n'avais pas de réponse. « Je ne sais pas. Mais je trouverai un moyen de faire en sorte que ça marche. Je te le promets ».

Il acquiesça d'un signe de tête, mais il semblait loin d'être satisfait de cette conversation. Alors qu'il s'éloignait, je le stoppai net. « Où vas-tu ? ».

Il ne se retourna pour me faire face. « Je vais trouver Rachel et m'assurer qu'elle n'est pas contrariée. Elle a assez à faire sans craindre que l'un de ses futurs maris ait décidé de la quitter ».

Mon visage se déforma sans qu'il le vit. « Je lui parlerai ».

Il secoua la tête en atteignant la porte. « J'y vais. Tu as un avion à prendre ».

12

ACHEL

C'était ma faute, vraiment. Je n'aurais pas dû espionner. Je n'aurais pas dû écouter. Ma mère m'avait dit de ne pas m'attendre à entendre quelque chose de bon si j'écoutais une conversation privée. Je n'avais pas l'intention de m'attarder à l'extérieur de la porte, mais en entendant leur conversation, en revenant de l'entretien avec les clients, je m'étais figée sur le seuil de la porte.

Avais-je déjà failli à mes responsabilités ? J'avais entendu la voix de Matt haut et fort à travers la porte :

« si je m'engage à t'aider à élever un enfant, je le ferais ».

Mon cœur s'effondra en entendant ces mots. C'est le ton de sa voix qui me chagrinait le plus - il avait l'air si amer. Tellement de ressentiment. C'était tout ce que je craignais.

Si j'étais honnête avec moi-même, je savais ce qui allait se passer au moment où Matt nous aurait parlé de la possibilité d'un emploi. J'avais vu la façon dont ses yeux brillaient d'excitation lorsqu'il parlait de revenir dans le milieu du base-ball professionnel, et je ne pouvais pas lui en vouloir. Il avait été très bon, célèbre même, au cours des saisons où il avait joué. J'avais appris à bien le connaître au cours des dernières semaines. Suffisamment en tout cas pour savoir ce que revenir au base-ball signifiait pour lui. Pourquoi ne voudrait-il pas retourner à une vie de glamour, d'excitation....et de femmes fatales se jetant à ses pieds ?

Je fus pris d'engourdissement alors que je m'éloignais de la porte. Je ne voulais plus en entendre parler. Je n'en avais pas besoin. Ce que j'avais entendu était suffisant pour que je puisse voir la réalité en face.

J'étais un fardeau. Et si je leur parlais du bébé que je portais, le bébé alourdirait leur fardeau encore plus. Je gémissais à cause de l'étrange sensation du plug dans mon cul. Les larmes me montaient aux yeux alors que je prenais mon sac à main et me dirigeais directement vers la salle de bain. Ils l'avaient mis dans le cadre de leur jeu sexy - du moins, ils voyaient les choses comme ça - mais je n'étais plus d'humeur à ça maintenant. J'entrai dans la pièce, et le retirai. Après avoir jeté cette stupide chose à la poubelle, je me suis lavée les mains. J'ai étudié mon visage, puis je suis allée directement au parking. Ouais, c'était nul.

Je n'ai pas pensé à dire à qui que ce soit que je partais… quel était l'intérêt ? Je devrais quitter mon travail de toute façon. Je ne pouvais pas continuer à travailler pour Ethan une fois cette relation terminée.

Une relation. Non, ce n'est pas ce que c'était et j'aurais dû voir les choses depuis le début. C'était plus comme une aventure. Mes patrons et moi avions fait l'amour. Plein de fois. Tout ça n'étaient que des bons souvenirs, mais c'était tout. Rien de plus.

Je contractai mon estomac dans une vaine tentative de retenir mes nausées. Bien sûr, ils avaient eu beau jeu de me répéter que j'étais leur unique, mais j'aurais dû savoir qu'ils se lasseraient de moi. Ces trois dernières semaines, j'avais l'impression de vivre dans un rêve. Tout avait été si bien, si parfait. Trop parfait. Presque trop beau pour être vrai. Et aujourd'hui, je m'étais retrouvée face à la réalité comme s'il s'agissait d'un mur. Non seulement j'avais découvert que j'allais avoir un bébé, leur bébé, mais j'avais découvert la dure réalité. Je l'élèverais seule. J'aurais dû en fait me faire inséminer à la clinique. Mon cœur ne souffrirait pas en ce moment si je l'avais fait.

Je suis montée dans ma voiture afin de rentrer chez moi. J'étais dans le brouillard, encore trop engourdie pour pleurer alors que mon cerveau repassait en boucle les paroles de Matt. J'aurais presque souhaité qu'il rompe définitivement. D'une certaine façon, il aurait été plus facile de mettre fin à tout ça s'il s'était comporté en parfait crétin. En disant qu'il ne se souciait ni de moi, ni du bébé.

Mais ce n'était pas plus la façon de Matt que celle d'Ethan. C'étaient des hommes bons. Solides, fiables, loyaux et aimants. S'ils prenaient un engagement, ils l'honoraient, même si cela les empêchait de poursuivre leurs rêves.

J'aimais ça chez eux, mais je ne voulais pas être celle qui les retiendrait. Ce n'était pas juste, ni pour eux, ni pour moi. Et ce ne serait certainement pas juste pour notre enfant. C'est moi qui voulais un bébé, et j'avais l'intention d'élever un bébé seule jusqu'à ce qu'Ethan et Matt insistent pour qu'il en soit autrement.

Si Matt voulait retourner chez les pros, je n'allais

pas l'arrêter. Je voulais qu'il soit heureux, pas enchaîné à moi.

Lorsque je garai ma voiture dans l'allée, je restai assise quelques instants afin de me concentrer sur ma respiration. Dire que ce matin, j'étais si excitée. J'avais fait un test de grossesse avant le travail et j'avais prévu de le leur annoncer au cours du dîner. Ils étaient virils. Ils étaient probablement très fertiles parce que c'était probablement arrivé la première nuit dans la chambre d'hôtel à Helena. J'étais alors en train d'ovuler, raison pour laquelle j'avais prévu de me rendre précisément ce jour-là à la banque de sperme.

Je devrais être reconnaissante de ne pas leur avoir encore dit. Il n'était pas question que Matt parte pour San Francisco s'il savait qu'il y avait un enfant en route. Il était bien trop noble pour abandonner une femme enceinte. Ses rêves se faneraient et mourraient pendant alors que mon ventre s'arrondirait.

C'est pourquoi je devais m'éloigner d'eux. Je ne pouvais pas les retenir et c'est ce qui se passerait si j'avais un bébé.

Les larmes commencèrent à ce moment-là. Je laissai tomber ma tête sur le volant et les laissai couler, pleurant la vie fantastique que j'avais cru réelle pendant un instant.

Mais ce n'était pas réel et ça ne pourrait jamais l'être.

Au départ, j'avais prévu d'élever un enfant seule et c'est ce que j'allais faire. Je devrais être ravie d'être enceinte et en fait, j'étais dévastée.

Quand les larmes se sont apaisées, je suis entrée dans la maison et j'ai commencé à réfléchir à un plan pour une nouvelle vie. Une vie sans les pères du bébé.

Quand Ethan arriva sur le pas de ma porte deux heures plus tard, je ne pouvais pas dire que j'étais surprise. Mes hommes étaient une vraie protection. Ils avaient veillé sur moi et je savais qu'une fois qu'ils avaient remarqué que j'avais quitté le bureau, l'un d'entre eux viendrait me chercher.

J'essayai de sourire en ouvrant la porte, mais j'ai tout de suite vu qu'il n'était pas dupe.

« Qu'est-ce qui ne va pas ? » demanda-t-il. La préoccupation dans ses yeux me faisait mal au cœur.

Je ne voulais pas faire ça ! La partie égoïste de moi voulait s'accrocher à Ethan et lui demander de me dire que tout irait bien. Et il le ferait. Il me ferait des promesses et me rassurerait jusqu'à ce que je sois réconfortée. Mais ses paroles aimables ne changeraient rien, pas à long terme. Alors, au lieu de courir vers lui, je fis un pas en arrière, lui faisant signe de s'asseoir sur le canapé. Il avait ignoré ma demande et s'était approché jusqu'à ce qu'il me caresse doucement la joue. « Rachel, tu m'inquiètes. Tu pleurais ? ».

J'ai tu la voix qui me suppliait de prendre en compte ce qu'il me disait. Il était temps d'être altruiste - ces hommes le méritaient bien. Ils m'avaient donné le bébé que j'avais toujours voulu, le moins que je pouvais faire était de leur rendre leur liberté.

« Je suis désolée de partir si soudainement », dis-je, ma voix douce. « Je pense que je dois donner mon préavis ».

Ce n'était pas aussi cool et détaché que j'espérais, mais cela fit l'affaire. Les yeux d'Ethan s'élargirent de surprise et d'inquiétude. A ce moment-là, j'eus mal pour lui. Il était si fort, si protecteur et pourtant si vulnérable. Il était facile d'oublier qu'il avait, lui aussi, des sentiments. Que ça lui ferait du mal. « Pourquoi ? C'est quelque chose qu'on a fait ? ».

Je secouai la tête. « Non, je pense juste que ça rendrait les choses plus difficiles si je restais... ».

« Si tu ne veux pas travailler, c'est très bien » interrompit Ethan. Ses mains se déplacèrent en direction de mes bras et il m'attira à lui. « Matt et moi gagnons plus qu'assez pour couvrir tes dépenses si tu veux prendre le temps d'attendre le bébé ». Son sourire n'était que légèrement tendu. « Ce n'est qu'une question de temps avant de tomber enceinte. Tu le sais, n'est-ce pas ? Tu dois être patiente, c'est tout ».

Je hochai la tête, ma poitrine me faisait mal au mensonge par omission qui était entre nous. Je voulais lui parler du bébé, voir sa réaction quand je lui aurais dit qu'il allait être père, mais cela ne ferait que compliquer les choses. J'ai dû détourner le regard.

« Ethan, je n'ai pas besoin de quitter mon travail pour le bébé. Je dois partir parce que je ne peux pas continuer à coucher avec Matt et toi ».

Le choc d'Ethan fut rapidement suivi de confusion et de frustration. « Quoi ? Pourquoi ? Quelque chose est arrivé ? On y est allé trop fort avec le plug ? ».

Je secouai la tête à nouveau.

Il prit rapidement conscience de ce qui arrivait. « Est-ce que c'est à propos de Matt et de l'offre d'emploi ? ». Avant que je puisse répondre, il continua. « Il ne sera pas parti longtemps, ma chérie. Il sera de retour d'ici la fin de la semaine et nous pourrons en parler tous les trois et voir comment les choses vont fonctionner ».

Je luttai pour retenir mes larmes et fus temporairement incapable de parler. Je me raclai la gorge et dit ce qu'il fallait dire. « Je n'ai pas besoin de parler de ça, Ethan. Je mets fin à notre relation. Pour de bon ».

La culpabilité et la tristesse aggravèrent la nausée

au point où je dus serrer les poings et me mordre la lèvre pour ne pas m'effondrer. Je devais continuer à me rappeler que c'était dans leur meilleur intérêt. Ethan ne comprendrait pas ma décision tout de suite, mais il finirait par voir le bon côté des choses. Matt serait libre de poursuivre ses rêves à San Francisco.

C'était ce qu'il y avait de mieux à faire.

C'était une piètre consolation face à la douleur évidente d'Ethan. «Ne fais pas ça. Matt a déjà fait des conneries, et il en fera d'autres. Ça ne veut pas dire que c'est fini ».

« Non », dis-je, avec une finalité que je ne voulais pas ressentir. Ils déplaceraient des montagnes pour que cela fonctionne entre nous, parce qu'ils avaient fait une promesse et que ces hommes ne se déroberaient jamais devant leurs responsabilités.

Je devais le faire pour eux.

« Je ne veux pas ça ». Je fus étonnée de voir à quel point j'étais calme, presque comme si mon cœur ne se brisait pas en mille morceaux à nos pieds.

Ses sourcils se sont froncés alors qu'il scrutait mon visage. Pour chercher quoi, je n'en savais rien. Ses yeux étaient remplis de douleur et de confusion, de frustration et de colère.

« Tu allais bien il y a quelques heures. Joueuse, même. Pourquoi tu n'as rien dit alors ? ». Je haussai les épaules, jetant un coup d'œil au bras de mon canapé. C'était une bonne question. Quelle femme laisserait deux hommes lui donner une fessée et faire des trucs de cul comme ça, si elle voulait rompre ? J'aurais donné n'importe quoi pour soulager sa douleur, mais cela n'aurait fait que compliquer les choses. « Et le bébé ? ». Pendant une seconde, mon cœur cessa de battre. Comment le savait-il ? « Et si tu es enceinte ? », poursuivit-il. Son désespoir fut comme un coup à ma poitrine, rendant mon chagrin d'amour encore plus douloureux. « Tu ne peux pas élever un bébé seule ». Je me redressai pour le regarder dans le blanc des yeux. « Je le peux et, si ça arrive, je le ferai. C'était mon plan au départ, tu te souviens ? C'est Matt et toi qui avez décidé de vous impliquer. Mais maintenant, je vous dis que ce n'est pas nécessaire ».

« Pourquoi ? Pourquoi tu fais ça ? ».

« Parce que c'est pour le mieux. Pour nous tous ». Et c'était le cas... pour eux, du moins.

Ce fut son tour de secouer la tête. Il croisa les bras sur sa poitrine, dans un geste de défi. « Je ne t'abandonne pas, Rachel Andrews. Je ne renonce pas à nous, ni à la famille dont on a parlé ». Il avait l'air si sérieux, que cela faisait mal.

J'ouvris la bouche pour discuter davantage avec lui, pour lui faire comprendre que ma décision était définitive. Les mots ne sont jamais sortis. Mon estomac a choisi ce moment pour se retourner, ce qui m'a fait me serrer la bouche et prendre une grande respiration, priant pour que la nausée passe. Les mots ne sont jamais sortis.

Ethan s'inquiéta. « Tu es vraiment pâle. Est-ce que ça va ? ».

Non ! Je n'allais pas bien. Rien dans cette situation ne semblait bien. J'ai finalement eu mon bébé, mais je perdais les deux hommes qui pouvaient fonder une famille avec moi. J'avais enfin trouvé l'amour et maintenant j'étais forcé de le quitter ou je risquais de blesser tout le monde.

« Je n'ai pas dormi la nuit dernière », mentis-je. « J'ai juste besoin de m'allonger un peu ».

Il hocha la tête, m'aidant à m'asseoir sur une chaise. « Très bien. Je vais partir... pour l'instant, et je vais te laisser dormir ».

Je baissai la tête pour cacher les larmes qui se formaient à nouveau. Je ne pouvais pas voir son expression, mais j'entendis la dure détermination de sa voix quand il reprit. « Ne crois pas que j'accepte ça, chérie. Je vais te laisser le temps. C'est tout. On t'a promis qu'on te prouverait qu'entre nous, c'est sérieux, et je veux tenir cette promesse ».

MATT

Cela aurait dû être un grand jour, un jour de fête. J'étais de retour dans la cour des grands. L'entraîneur adjoint, chargé de me montrer les lieux avant ma dernière entrevue, m'avait guidé à travers les vestiaires vides.

Tout me paraissait familier. L'odeur persistante de sueur et d'eau de Javel, le bruit lointain et métallique des poids de la salle d'entraînement. D'une manière étrange, j'avais l'impression d'être revenu à la maison.

Sauf que je ne me sentais pas chez moi. Plus maintenant.

L'entraîneur me montra du nouveau matériel d'entraînement à la fine pointe de la technologie et je fis les remarques d'admiration appropriées. Ou du moins, je l'espérais. Tout était exactement pareil, mais complètement différent. Des années plus tard, mon point de vue avait changé. En fait, j'avais changé. Mon esprit était toujours à Bridgewater.

Toute cette histoire de boulot se passa si vite. Le vol avait été réservé et je n'avais pas eu d'autre choix que de courir jusqu'à l'avion si je voulais me rendre à la réunion. Il n'y avait aucune chance de résoudre les choses avant mon départ et je me sentais un peu minable. Je savais qu'Ethan était furieux. Et Rachel ? Merde.

J'avais essayé de les appeler, mais ils ne répondaient pas et j'en avais marre de laisser des messages vocaux. Une journée entière s'était écoulée sans aucun mot de l'un d'eux et je savais que quelque chose n'allait pas et que j'en étais, une fois de plus, la cause.

Une partie de moi voulait prendre l'avion suivant pour revenir et faire les choses correctement - au moins leur faire comprendre. Je me sentais mal à l'aise, comme si je ne pouvais pas rester immobile. J'étais anxieux et c'était vraiment difficile de me concentrer lors des entretiens. J'avais passé haut la main les premiers et il en restait un de plus. C'était la dernière réunion, celle qui déciderait de mon sort. *Notre* sort, en fait.

J'essayai de m'enthousiasmer alors que le gars me parlait des tâches quotidiennes du poste d'entraîneur. Je posais des questions éclairées et je françcais les sourcils pour que je me concentre sur ses réponses. Mais au moment où il prit la parole, mon cerveau était ailleurs, plein de doutes et de questions alors que mon instinct me criait de partir et mon cœur... eh bien, mon cœur avait l'impression qu'il lui manquait un morceau.

Tous les trois semblaient déterminés à saboter cette réunion. De saboter ce que je souhaitais en fait depuis des années. Être de retour en première ligue.

Je faillis ne pas répondre lorsque l'entraîneur me demanda si j'étais prêt pour le dernier entretien.

« Bien sûr », dis-je, essayant de faire preuve de l'enthousiasme approprié, donnant une tape dans le dos du type.

Il aurait pu être dupe, mais je ne l'étais pas. En le suivant dans la salle de conférence, j'avais l'impression que mes pieds étaient lestés de semelles de plomb. Pourquoi est-ce que j'avais l'impression qu'on allait m'opérer des dents sans anesthésie ? Mon hésitation n'avait rien à voir avec les nerfs. Non, le travail était à moi. Je le savais.

En fait, j'aurais aimé être nerveux, au moins cela aurait été la preuve que ce boulot m'excitait. Que je le voulais vraiment.

Parce que je le voulais... n'est-ce pas ? C'était l'opportunité que je cherchais depuis ma blessure à l'épaule. J'avais voulu une seconde chance et je l'avais eue. Elle était devant moi, je devais juste tendre la main pour la saisir. Pourtant, être ici ne me donnait pas l'impression d'être dans un rêve. Malgré toutes ces soirées passées à me dire que je voulais précisément être là où j'étais maintenant. J'avais l'impression d'essayer de remonter le temps et de revivre une grande période de ma vie.

Je restai seul dans la pièce à attendre les huiles qui auraient le dernier mot. Plus je restais là, plus j'avais envie de partir. Comment pouvais-je me concentrer sur les questions de l'entretien alors que je ne pouvais penser qu'à ce qui se passait à la maison ? Rachel dirigeait le bureau dans une de ses robes d'été ? Portait-elle une culotte ou non en-dessous ? Il n'y avait rien d'inapproprié. Elle était candide en apparence, mais pour Ethan et moi, une vraie tigresse.

Et pourtant, la dernière fois que je l'avais vue, elle était en colère contre moi. Elle savait ce que signifiait un coup de fil des Giants. Pour elle, cela signifiait probablement que j'allais m'enfuir. C'était l'impression que j'avais, alors que j'étais assis dans ce bureau. Que je m'étais enfui. Loin d'elle, loin de nous. Loin de la famille que nous tentions de fonder.

Les cadres arrivèrent et je me levai pour les saluer, leur serrant la main. Ils s'installèrent en face de moi à la grande table de conférence. Je ne voulais pas aller jusqu'au bout, et ce n'était pas entièrement parce que j'étais impatient d'être à la maison avec Ethan et Rachel. Il y avait quelque chose qui me chiffonnait.

Un des hommes partit dans un long discours sur l'esprit d'équipe et sur mon rôle. Tout semblait trop beau pour être vrai. Gros salaire, entraînement de printemps en Arizona, des mois de repos durant les périodes sans matchs. Moi de retour en tant qu'entraîneur. Quand il eut fini, il posa une question simple. « Alors, Matt, pourquoi voulez-vous ce travail ? ».

C'était une question d'échauffement facile, une question à laquelle j'aurais pu répondre dans mon sommeil. Je connaissais la réponse depuis de nombreuses années, j'avais attendu le moment où je pouvais la donner. Mais maintenant que ma chance était là, je me retrouvai face à cet homme et j'étais incapable de lui donner une réponse. Pourquoi est-ce que je voulais ce poste ?

Je pouvais donc être de retour en première ligue ? Je pouvais rester sur la touche alors que des hommes plus jeunes et en meilleure forme que moi allaient vivre la vie de rêve qui m'avait été refusée ?

Pour la première fois depuis que j'avais reçu un appel disant qu'ils s'intéressaient à moi, je me suis laissé imaginer ce que ce serait vraiment si j'acceptais le poste. Je serais tout le temps sur la route, ce qui n'est pas un problème quand on est jeune et célibataire, mais maintenant ? L'Arizona ne semblait pas très attirante. Cela signifiait abandonner Rachel, et éventuellement, nos enfants. Cette simple pensée me fit physiquement mal. Je ne voulais pas m'éloigner d'elle pour ce court séjour en Californie. Comment me sentirais-je lors des entraînements au printemps, puis lors de la saison de jeu avec plus de 150 matchs ? Et aucun des matchs n'aurait lieu dans le Montana.

Je n'avais jamais rien eu à sacrifier. Jusqu'à maintenant. Cela en valait-il la peine ? Depuis si longtemps, je pensais que mon rêve était le base-ball, mais je n'avais jamais cessé de remarquer que quelque part en route, mes rêves avaient changé. J'avais changé, putain.

J'imaginais Rachel entrer dans mon bureau avec ces yeux noisette et ce doux sourire. Elle était mon rêve, maintenant. Mon fantasme. Et quelque part en route, ses rêves étaient devenus miens, ainsi que ses fantasmes. J'avais hâte qu'elle nous dise qu'elle était enceinte. J'avais hâte de voir son ventre s'arrondir.

Bien sûr, il s'agissait peut-être de rêves plus terre à terre par rapport à mes anciennes aspirations, mais cela ne les rendait pas moins réels. Ils étaient plus réels. Qu'est-ce que j'ai obtenu du base-ball à part une épaule en vrac ? Rien. Avec Rachel ? J'avais tout ce qu'il fallait.

Et Hawk's Landing ? J'avais toujours considéré le ranch comme le rêve d'Ethan, mais à un moment donné, il était aussi devenu le mien. J'adorais travailler la terre et avoir l'espace et la liberté de vivre à Bridgewater. J'aimais partager ce lieu avec les clients, leur laissant voir à quel point le Montana est unique. Il n'y avait rien d'attrayant à l'idée de retourner dans une grande ville. Le bruit. Les lumières. La foule. Merde, les heures de pointe étaient un truc qui ne me disaient plus rien. Le seul endroit où je voulais vraiment être était l'endroit que je venais de quitter. Bridgewater.

J'avais passé tellement de temps à être amer sur ce que j'avais perdu, énervé que mon épaule m'ait lâché avant que je sois prêt, que je n'avais jamais pris le temps de voir ce que j'avais gagné.

Les dirigeants me regardaient, attendant une réponse alors que le silence en devenait presque gênant. Je m'en fichais. Non seulement je n'étais pas nerveux, mais je ne me souciais même pas de savoir s'ils étaient impressionnés ou non. Je m'en fichais, point final. Pas pour ce boulot, ni pour le base-ball. Plus maintenant.

Tout ce qui importait était de rentrer chez moi et de me rabibocher avec les deux personnes qui comptaient le plus au monde.

Ma chaise racla le sol alors que je la repoussais pour me relever, provoquant un élan de surprise parmi l'assemblée.

« Désolé, messieurs », dis-je. « Je suis attendu quelque part ».

Alors que je quittai le bureau et retournai à mon

hôtel pour faire mes bagages, je n'éprouvai aucuns regrets. Au contraire, je me sentais libre. Un fardeau avait été enlevé de mes épaules. C'était peut-être un peu de cette vieille amertume à propos de la fin de ma carrière. Ou peut-être que c'était juste le soulagement de savoir que je rentrais enfin chez moi... dans ma famille.

13

THAN

C'était de la torture. Deux jours s'étaient écoulés et Rachel n'était pas joignable. J'avais tout essayé, mais elle avait rompu tout contact, me mettant à l'écart. Elle ne répondait pas à sa porte, ne répondait pas à mes appels téléphoniques. Le pire, c'est que je me battais pour elle tout seul.

Matt avait finalement rappelé, mais à ce moment-là, je n'avais pas voulu lui parler. Lui dire au téléphone que Rachel avait mis fin à notre relation semblait cruel. De plus, j'espérais pouvoir la convaincre de nous donner une autre chance avant son retour.

Mais il était toujours en déplacement et les choses avec Rachel étaient pires que jamais. J'étais dans une impasse : je n'arrivais tout simplement plus à la joindre. Au bureau - après qu'elle ait donné un préavis de deux semaines - j'avais parlé jusqu'à en avoir la voix enrouée, mais elle était restée obstinément silencieuse sur les raisons pour lesquelles elle nous quittait. Elle avait même recommencé à porter des jeans. Le plaisir et les jeux étaient définitivement terminés.

J'étais à court d'options et je me sentais désespéré, c'est pourquoi j'avais fait appel à des renforts. Si je n'arrivais pas à la joindre, je savais qui pouvait le faire. J'étais assis dans un box au fond du Barking Dog et je vis Emmy entrer avec ses maris. Je leur fis un signe de la main alors qu'ils restaient près de la porte et qu'Emmy s'approchait. C'était un moment came, le coup de feu du déjeuner était terminé depuis un moment, l'endroit était donc presque désert. Tout comme le juke-box dans le coin. Quand elle se coula dans le box en face de moi, elle me gratifia d'un tel sourire de pitié que je me sentis comme une merde. Je lui souris en retour parce que je savais qu'elle avait raison. J'avais l'air d'une merde et je me sentais vraiment mal.

« Si Rachel découvrait que je te rencontrais, elle me tuerait », dit-elle. Elle ne semblait pas trop préoccupée par la colère de sa sœur, mais je me suis quand même excusée.

« Je suis désolé de t'entraîner là-dedans. Je ne sais pas quoi faire d'autre ».

Elle se pencha par-dessus la table et son sourire devint plus espiègle. « Oh s'il te plaît... j'étais ravie d'avoir une excuse pour sortir de la maison avec mes hommes et ma mère est impatiente de faire du baby-sitting. En plus, j'ai envie que Rachel soit heureuse, tout autant que toi ».

Je changeai de sujet. Elle avait travaillé pour nous pendant deux ans, connaissait Matt et moi mieux que la plupart. « Ça veut dire que tu penses qu'on pourrait la rendre heureuse ? ».

Elle leva les yeux au ciel. « Tu plaisantes ? Je ne l'ai jamais vue aussi heureuse de sa vie ».

Le soulagement me fit reculer dans le box. Mais sa réponse n'avait rien fait pour soulager ma confusion.

« Je pensais qu'elle était heureuse aussi. Tu sais pourquoi elle fait ça ? ».

Elle se mordait la lèvre et jouait avec les couverts qui se trouvaient devant elle. Il était clair qu'elle essayait de comprendre ce qu'elle pouvait me dire sans briser la confiance de sa sœur.

« Tu es au courant, n'est-ce pas ? ».

Une petite partie de moi détestait avoir mis Emmy dans cette position et d'avoir ainsi violé la vie privée de Rachel. Mais si elle n'était pas prête à parler, quelles autres options me restaient-ils ?

Finalement, Emmy expira longuement. « Tout ce que je peux te dire, c'est qu'elle ne le fait pas pour elle-même. Elle pense que c'est la bonne chose à faire pour Matt et toi ». Je fronçai les sourcils, en secouant la tête. « Elle a dit ça l'autre jour, mais ça n'a pas de sens ». Je soupirai, et passai une main le long de ma nuque. « Pourquoi ? ». La bouche d'Emmy se referma. Claire-ment, la fidèle petite sœur de Rachel n'en dirait pas plus. Je m'efforçais de lui sourire. « Merci, Emmy. J'ap-précie que tu aies pris le temps de me rencontrer ». Elle tendit la main et serra la mienne. « Je te soutiens, Ethan. Nous te soutenons tous ».

Je hochai la tête et la regardai s'éloigner pour rejoindre ses maris près de la porte. Emmy ne m'avait pas appris grand-chose. Mais le fait que Rachel nous rendait tous tristes pour une raison aussi quelconque me rendait dingue. Je n'avais pas besoin qu'elle se comporte de la sorte, j'avais besoin qu'elle soit à nous. Je soupçonnais fortement que cela avait à voir avec Matt et l'offre d'emploi, qu'elle devait être arrivée à la conclusion qu'elle l'empêchait de s'épanouir. Et si on avait eu un bébé, il aurait été un sacré fardeau pour Matt. Cette femme au caractère trempé ne comprenait toujours pas qu'elle représentait tout ce que nous souhaitions.

Je jurais intérieurement en pensant à Matt, bien qu'il ne fût pas là pour m'entendre. C'était sa faute... une fois de plus. Ce connard allait gâcher la meilleure chose qui nous arrivait.

Si c'était vraiment le problème, il en faudrait plus pour qu'elle comprenne. Matt avait besoin de lui parler, de la rassurer. C'était lui qui avait instillé ces doutes dans son esprit, qu'il en ait eu l'intention ou non.

Alors que je quittais le Barking Dog, j'avais un plan en tête - pas le meilleur du monde, mais un plan quand même. Nous ne pouvions pas nous permettre de perdre plus de temps. Plus ce silence se prolongeait, plus il serait difficile de la retrouver et de la convaincre que nous étions tous les deux dans la même situation à long terme. Non pas parce que nous avons dit que nous le ferions, mais parce que c'était ce que nous voulions. Nous. J'avais dit « nous » alors que l'autre moitié du « nous » était en Californie.

J'étais impatient et agacé. J'avais besoin de l'aide de Matt et le seul moyen de l'obtenir était d'aller le voir. Il y avait trop en jeu ici pour m'en remettre à une putain de messagerie vocale, et ma priorité était d'atteindre Rachel. Ouais, ça ne marchait pas.

Maintenant, je devais communiquer avec Matt, l'amener à voir ce qu'il risquait de perdre s'il avait ce travail. Je quittais la ville l'esprit lourd, me dirigeant vers le ranch pour faire mes bagages et effectuer la réservation de mon vol.

En entrant dans la cuisine, je stoppai net. Matt était là, assis seul dans le noir. Merde, il avait l'air mal en point, comme s'il n'avait pas dormi depuis des jours. Je devais certainement ressembler à lui, moi aussi.

Il leva les yeux alors que je franchissais le seuil. « Salut ».

« Qu'est-ce que tu fais ici ? ». Je n'essayais pas de cacher mon irritation. Quel serait l'intérêt ? C'était de sa faute si nous étions dans ce pétrin. « Je pensais que tu serais à San Francisco pour quelques jours de plus, au moins ».

Il hocha la tête. « Oui, c'était ça le plan ». Bordel. Il fixait ses pieds et malgré mes intentions de garder mon sang-froid, j'avais pitié de lui. J'étais là pendant sa convalescence après son opération à l'épaule, et il avait dû quitter l'équipe. Les séquelles. Ça l'avait détruit, l'obligeant à abandonner son job de rêve. Mais il revenait, il avait trouvé un nouveau rêve, ou du moins c'était ce que je pensais. « Tu n'as pas eu le poste ? ». Sa tête se releva et il avait l'air surpris. Puis il se gratté l'arrière de la tête d'une manière que je connaissais bien. Elle le trahissait chaque fois qu'il se sentait coupable ou qu'il était gêné par quelque chose. « Ouais, à propos de ça. J'ai eu le poste ». Je grognai, parce que je n'étais pas content, mais il n'avait pas l'air de l'être non plus. « Mais j'ai refusé. En fait, je crois que j'ai foiré l'entretien. Je me suis levé et je suis sorti. En plein milieu de la discussion ». Il me résuma rapidement l'histoire, ses yeux ne croisant jamais les miens car il avait admis à quel point il s'était trompé. Qu'il avait été aveuglé par des rêves qu'il n'avait plus depuis longtemps. Et il avait compris cela alors qu'il était assis dans le bureau du directeur général. Il soupira. « J'ai foiré ».

Je posai mes mains sur mes hanches, je ne comprenais pas. « Avec les Giants ? Euh, ouais ». « Non, avec Rachel ». Quand il leva finalement son regard vers le mien, j'ai vu qu'il attendait que je lui crie dessus. Je poussai un soupir et laissai retomber mes bras. Je n'avais plus la force. Il était évident qu'il se battait plus que je ne pourrais jamais le faire, et il se détesterait encore plus une fois que je lui aurai dit comment Rachel avait décidé de rompre. « Oui tu as merdé ». Ses épaules s'affaissèrent. « Rachel nous a largués ». Il se redressa comme s'il avait été renversé par un vache. « Quoi ? ». Sa voix faillit ébranler les murs. Il se tint debout, et commença à marcher. « Quoi ? Pourquoi ? Pourquoi ne pas me l'avoir dit tout de suite ? Je serais revenu, j'aurais... ». « T'as abandonné ton rêve ? » demandai-je tranquillement. « J'ai essayé d'appeler, enfoiré. Mais ce n'était pas quelque chose que j'allais laisser sur un répondeur. D'ailleurs, comment étais-je censé savoir que tu reviendrais à la raison à temps et que tu réaliserais que ce que tu as ci est plutôt génial. Mieux que ça. Parfait ». Je pensais à Rachel lorsqu'elle me souriait, si ouverte, si confiante. Ouais, on avait merdé. « Ce que j'avais ici ». Il gémit avant de laisser retomber sa tête entre ses mains. « C'est ma faute. Encore une fois, bon sang. Je savais qu'elle était fragile, méfiante à l'idée de nous faire confiance, moi en particulier. Je n'aurais jamais dû m'enfuir comme ça ». Même si j'étais d'accord avec lui, ce qui s'était passé était, justement, le passé. Je voulais le frapper au visage, mais ça ne résoudrait rien. OK, je me serais senti mieux, mais pas vraiment, en fait. La seule façon de me sentir mieux, c'était de récupérer Rachel. « Peut-être pas », répondis-je. « Mais maintenant que tu es là, tu es le seul à pouvoir arranger ça. Fais-moi confiance. Alors arrête de gémir et viens avec moi pour récupérer notre femme ».

RACHEL

Je savais qui frappait à ma porte d'entrée avant même de regarder par mon judas. Il était trop tard pour qu'Emmy puisse venir me rendre visite, et mes autres frères et sœurs auraient été au lit il y a une heure. De plus, personne dans ma famille n'avait jamais frappé comme ça, au risque de défoncer la porte.

Mon cœur battait à tout rompre alors que je me tenais là, les doigts sur la poignée de porte. J'avais très envie de l'ouvrir, de me lancer dans les bras d'Ethan. Mais je me préparais aussi pour un autre sermon de sa part. Lorsque le martèlement reprit, je sursautai avant d'ouvrir la porte. Je clignai des yeux lorsque je faillis entrer en collision avec Matt, qui n'avait pas attendu qu'on lui demande d'entrer. En fait, il me prit dans ses bras, ses mains sur ma taille et me porta à l'intérieur comme si j'étais un paquet. Il me déposa et recula alors qu'Ethan refermait la porte. Les deux hommes me regardèrent et alors que c'était ma maison dans laquelle ils avaient fait irruption, je faillis éclater en sanglots à ce moment-là.

Ça avait été une torture de repousser Ethan à nouveau. Ces discussions avaient sapé chaque goutte de ma volonté et de mon énergie et cela avait été si difficile de ne pas changer d'avis. Je *voulais* être avec eux, mais je ne voulais pas non plus les retenir. Je les aimais trop pour ça.

Ce n'était pas seulement Ethan qui se tenait devant moi maintenant, mais Matt également. Il avait l'air aussi fatigué que moi, mais je voyais la détermination dans son regard alors qu'il me fixait intensément. Merde. Je n'avais aucune idée de comment je pouvais rester forte avec ces deux-là dans mon salon et leurs regards si têtus et déterminés.

Je passai mes bras autour de moi, tout en souhaitant avoir des vêtements plus appropriés pour leur faire face. Mon débardeur en coton confortable et le short que je portais au lit ne me donnaient pas exactement un air de femme sur la défensive.

Bien sûr, je voyais le regard de Matt sur mes cuisses que le short court dissimulait à peine. Ethan, pendant ce temps, semblait obsédé par mes seins. Même si j'avais croisé les bras, j'étais absolument certain qu'ils pouvaient voir que je ne portais pas de soutien-gorge.

Je me déplaçais d'un pied à l'autre, essayant d'ignorer la chaleur qui coulait à travers moi grâce à leur regard insistant. Comme si ce corps leur appartenait et qu'ils avaient le droit de le regarder... et de le toucher.

Et ils le possédèrent. Ils m'avaient réclamé corps et âme. Je serais toujours à eux.

Mais ils ne seraient pas à moi. Cette pensée me fit regarder ailleurs, jetant un coup d'œil à mes ongles de pied rose vif. Je devais me le rappeler encore et encore. C'était la seule chose qui m'empêchait de courir égoïstement vers eux et de les laisser prendre soin de moi et de ce bébé plutôt que de se concentrer sur leur propre vie. Leurs propres rêves qui ne m'incluaient pas.

Matt se rapprocha, son corps long, tendu et puissant alors qu'il s'approchait comme un prédateur traquant sa proie. Il laissa tomber son chapeau sur la table basse à côté de moi. Je remarquais les moustaches au-dessus sa mâchoire, les lignes fatiguées sur son visage. Je déglutis et j'essayais de m'éloigner, mais mes jambes se heurtèrent à mon canapé.

« C'est quoi cette histoire de mettre fin à notre relation ? », grogna-t-il.

Oh mince. Si mes hommes adoptaient la routine du bon et du mauvais flic, Matt endossait alors le rôle du mauvais flic. Ce qui était ridicule, alors même que je me forçais à rester calme, je commençais à mouiller et mes tétons durcissaient.

J'avais toujours adoré les mecs avec une voix autoritaire, et il le savait.

Je passai ma langue sur mes lèvres. J'étais peut-être folle de désirer ces hommes, mais un coup d'œil en direction de leur sexe et il était clair que le sentiment était mutuel. Ils me voulaient autant que je les voulais. Je secouai la tête. Le désir n'avait jamais été le problème entre nous trois. L'attrait et la passion que nous partagions étaient réciproques. Ainsi que notre intérêt pour les plugs anaux et les fessées. Mais le désir n'est pas synonyme d'engagement. « Je pense que c'est pour le mieux », dis-je pour ce qui dût être la centième fois. Avant de pouvoir continuer avec le reste de mon baratin, Matt m'interrompit. « Dis-moi pourquoi ».« Avoir un bébé est une grande responsabilité. Je ne peux pas vous le demander... ».

« Personne ne dit le contraire », ajouta Ethan. Il arpenta mon salon, ressemblant à un animal en cage. Je savais qu'il était frustré. Il essayait de me reconquérir depuis des jours, mais je savais qu'il ne le faisait qu'à cause de l'engagement verbal qu'il avait pris et de la responsabilité qu'il ressentait envers moi.

« Il a raison », ajouta Matt. « Tu ne nous demandes pas de nous engager envers toi, nous avons fait ce choix au moment où nous t'avons rencontrée ».

J'essayais de rester tranquille, mais les mots sont finalement sortis. « Oui, mais vous avez commis une erreur. Il n'y a aucun de mal à l'admettre ».

Ils me regardèrent avec la bouche ouverte et les yeux écarquillés comme si je venais de déclarer que j'étais un ninja ou un agent secret.

« Tu es sérieuse ? », demanda Ethan en ajustant sa position.

Matt émit un grognement quand il passa ses mains dans ses cheveux. « Tout ça, c'est de ma faute. Je n'aurais jamais dû aller à cet entretien ». Je refoulai un soupir, soudainement fatiguée par l'effort qu'il avait fallu pour rester forte. « Ce n'est pas ta faute, Matt. Je suis contente pour toi, vraiment. Tu as un rêve et tu devrais essayer de le concrétiser. Tu vas faire du bon boulot à San Francisco ». Quand il releva la tête, ses yeux croisèrent les miens et je m'immobilisai à cause de l'intensité de ses émotions. Il me tendit la main et m'attira à lui. Je ressentis chaque muscle tendu de son corps. « Tu es la fille de mes rêves, Rachel. Toi et la famille que nous allons fonder ensemble ». Je secouai la tête en entendant ses mots tentants. Oh, comme la vie serait merveilleuse si je pouvais vraiment le croire. « Tu penses que tu dois dire ça parce que... ». « Je n'ai rien à dire ». La frustration le rendait encore plus éblouissant et je sentais la présence d'Ethan à mes côtés, je ressentais sa chaleur. Ils m'entouraient, et j'étais dominée par leur taille et leur intensité. « Bon sang, Rachel, écoute-nous », dit Ethan. « Nous ne sommes pas ici parce que nous nous sentons responsables envers toi. Nous le sommes, bien sûr, mais pas de la façon dont tu le penses ». « Tu penses être un fardeau pour nous, n'est-ce pas ? » demanda Matt. Une partie de l'austérité avait quitté sa voix et il semblait étonnamment doux. Ses mains retenaient toujours mes bras, ses pouces glissant d'avant en arrière sur ma peau nue.

Je hochai la tête. Je ne pouvais pas leur mentir alors qu'ils étaient si proches et si.... présents.

Il soupira et je pouvais voir le regret se former dans son regard. « Je suis désolée de t'avoir fait ressentir ça ».

Je me mordis la lèvre, ne sachant trop quoi dire. Il n'avait pas nié. « Si j'avais un bébé, tu devrais toujours sacrifier tes rêves de carrière pour moi... pour nous ».

Il écarta une mèche de cheveux de mon visage et

me prit le menton dans la main, me forçant à croiser son regard. « J'avais tort de partir comme ça, Rachel. Mais cela ne se reproduira plus ».

J'ouvrais la bouche pour protester, mais il continua avant que je puisse le faire. « Je ne partirai pas. J'ai refusé le poste. Pas à cause de toi, mais à cause de moi ». Il me regarda de biais, ses yeux embués par l'émotion. « Je ne veux jamais être loin de toi. De toi, d'Ethan et de la famille que nous allons fonder, pas pour si longtemps. Et pas pour un poste d'entraîneur ». « Si je n'étais pas là, tu ne dirais pas ça ». Ma voix semblait inaudible, mais c'était la seule protestation qui m'était venue à l'esprit. Je perdais mes forces à essayer de lutter contre eux et une petite partie de moi commençait à comprendre ce qu'il disait - ce qu'Ethan avait toujours dit. Il me lança un sourire narquois, comme s'il pouvait sentir mon embarras. « Tu as peut-être raison », finit-il par lâcher. « Peut-être que si tu n'étais pas venue je me serais enfui à San Francisco et j'aurais vécu mon rêve et travailler à nouveau pour cette équipe ». Mes poumons se vidèrent, car je comprenais son point de vue. Mais il continua, son pouce appuyant plus fermement sur mon menton comme pour s'assurer que je prêtais attention à ses paroles. « Mais tu es arrivée. Et au moment où tu es entrée dans ma vie, mes rêves ont changé. Est-ce qu'une carrière dans le base-ball m'intéresse ? Oui, bien sûr que oui. Mais c'est peu par rapport à cette nouvelle réalité qu'on m'a donnée. Une réalité qui t'inclus. Bon sang, tu es au centre de tout ça : je vais avoir la chance d'avoir une famille à moi. Une femme et, je l'espère, des enfants ».

Je sentais les larmes monter en entendant ses paroles.

« La vie change », dit-il. « Le temps nous fait avancer et grandir. Tu devrais le savoir aussi bien que n'importe qui. Tu as atteint un point où tu réalises que la famille de tes rêves ne viendra pas comme tu l'imaginais et tu as décidé de faire quelque chose à ce sujet ». Je clignais des yeux. C'était vrai. Mes fantasmes enfantins sur la façon dont j'allais rencontrer un homme et fonder une famille avaient changé du tout au tout au moment où j'avais été agressée à l'université et à partir du moment où je ne souhaitais plus avoir de rapports sexuels. J'avais dû changer mon rêve pour m'adapter au nouveau moi, ce qui signifiait me diriger vers une banque de sperme. Et qui aurait pu prédire qu'une banque de sperme était l'endroit où ces deux-là me feraient leur déclaration ? Il me serra encore plus fort jusqu'à ce que mes seins soient écrasés contre sa poitrine. « Alors oui, peut-être que dans une autre vie, j'aurais pris ce travail. Mais maintenant que tu es là ?

Je ne pourrais pas imaginer une vie meilleure que celle que j'ai ici, maintenant ». Et merde. Si j'avais eu des doutes sur son honnêteté, ils étaient anéantis par le regard dans ses yeux. La vérité de ses paroles était là, clairement étalée au grand jour pour que je puisse la voir. J'entendis Ethan bouger à côté de moi. « Et alors ? » demanda-t-il. « Qu'en dis-tu, Rachel ? Tu nous donneras une autre chance de fonder une famille ? ».

Mon cœur menaçait de sauter hors de ma poitrine. Je ne savais pas que ça pouvait être aussi bon d'admettre la défaite, mais ils avaient percé la dernière de mes défenses et il n'y avait pas de retour en arrière. En me déplaçant légèrement pour les voir tous les deux, je souris en regardant mes deux hommes.

« Je veux vraiment faire partie de cette famille ». Je jetai un coup d'œil à mon ventre. « Mais sachez que notre petite famille est sur le point de grandir, plus tôt que vous ne le pensez ».

Ils me regardèrent tous les deux, essayant de comprendre ce que je disais. Ethan rompit le silence en premier. « Attends, tu dis que...? ».

« Es-tu... bon sang, c'est vrai ? ». Je n'avais jamais vu Matt sans voix avant et je savourai un instant le spectacle. Je ne pus m'empêcher de sourire. Quand j'eus l'impression qu'ils ne pouvaient plus supporter le suspense, je cédai et hochai la tête. Ils éclatèrent de rire et se mirent à hurler de joie. Matt me prit dans ses bras et me fit tourner, avant de me reposer délicatement, de peur qu'il ait pu blesser le bébé.

Il posa une main sur mon ventre plat. « Nous allons avoir un bébé ».

« Quand tu t'appliques à une tâche, il faut vraiment se donner à fond ».

14

 ATT

D'HABITUDE, j'avais quelque chose à dire, toujours une sorte de réplique comique. Mais Rachel ? Oui, elle m'avait laissé sans voix. Non seulement je n'avais plus de mots, mais mon cerveau ne fonctionnait plus. Elle était enceinte.

Putain de merde. Elle allait avoir notre bébé.

J'allais être père.

Je me contentais de la regarder, bouche ouverte, yeux grands ouverts, cœur battant frénétiquement et curieusement, ma bite aussi dure qu'un roc.

Je me sentais très viril, très viril. Comme un

homme des cavernes. Mes petits nageurs étaient forts et ils avaient rendu notre nana enceinte. Je jetai un coup d'œil à Ethan et son visage avait une expression similaire à la mienne. Ouais, ça aurait pu tout aussi bien être son sperme à lui, mais je m'en foutais.

Notre femme avait notre bébé en elle.

« Depuis combien de temps le sais-tu ? » demanda Ethan, en lui caressant la joue.

Elle baissa les yeux, vit ma main sur son ventre. Il était encore plat et pourtant je l'imaginais s'arrondir assez rapidement.

« C'est pour ça que tu as fait tout ça », ajouta-t-il d'une voix plus douce. « Tu le savais et tu ne voulais pas empêcher Matt de prendre ce boulot s'il le souhaitait ».

Je reculai, arrachant ma main comme si je venais de subir une décharge électrique. « Est-ce vrai ? » demandai-je. Merde. Elle avait rompu avec nous pour que je puisse accomplir mon rêve, sans entraves. Elle savait qu'elle était enceinte et elle était prête à élever son enfant seule. Je passai ma main dans mes cheveux.

Elle fit un léger signe de tête.

« Je t'aime ». Les mots restèrent figés dans ma bouche et j'étais aussi stupéfait que Rachel. Je n'étais pas stupéfait de ce sentiment, parce que c'était vrai, mais parce que je ne l'avais pas dit avant. Si je l'avais fait, peut-être que rien de tout cela ne serait arrivé. Peut-être que mon cerveau et mon cœur auraient été synchronisés et que j'aurais dit non aux Giants avant même que je monte dans ce satané avion. Ethan sourit. « On ne te l'avait encore jamais dit, pas vrai ? ». Rachel nous regarda tous les deux, clairement prise de court. «Non ». « C'est peut-être le problème. Nous avons dit clairement que tu nous appartenais, que nous voulions un bébé avec toi, même si nous t'avons dit que nous te voulions pour toujours, mais nous ne t'avons jamais dit pourquoi ».

« Oh », murmura-t-elle.

« Je pense que c'était le coup de foudre ».

Un rire s'échappa de ses lèvres et je dus sourire.

« Ouais je sais. C'est fou. Moi, dire quelque chose d'aussi romantique que ça ! ». Je m'avançai, passai ma main autour de sa taille et l'attirai vers moi. J'ai senti chaque courbe douce, entendu le souffle qui s'est échappé, respiré dans son doux parfum.

« C'est vrai. Tu es peut-être la sœur d'Emmy et notre employée mais tu étais à nous avant même que nous connaissions ton nom », admit Ethan. « Et le bébé ? Je suis ravi ».

Il souriait alors d'une manière éblouissante et je connaissais ce sentiment. Je le ressentais aussi. Un sourire, cependant, n'était pas suffisant pour lui montrer ce que nous ressentions pour elle, pour le bébé qu'elle portait. La famille qu'elle créait à l'intérieur d'elle-même. « Je t'aime, Rachel Andrews », dit Ethan. Son sourire avait disparu et il la regardait avec un air à la fois sérieux et tendre. Avec révérence. « Tu nous crois maintenant, ma chérie ? », demandai-je. « Tu me crois quand je dis que tu es tout ce que je veux ? Ce bébé est tout pour moi ». Elle hocha la tête. « Je vous aime aussi ». Elle était comme un boxeur qui me frappait avec une succession d'uppercuts. Un bébé et les quatre mots que j'avais le plus envie d'entendre au monde. « Il est temps qu'on te montre à quel point on t'aime, tu ne crois pas ? » ajouta Ethan.

Rachel le regarda, arqua un sourcil. « Oh, comment ça ? ».

Il se courba, la souleva et la jeta par-dessus son épaule. « Ethan ! ». cria-t-elle alors qu'il la portait en direction de la chambre.

« Attention au bébé » dis-je, soudainement paniqué.

Ethan la posa sur ses pieds directement devant le lit. Il n'était pas assez grand pour que nous dormions tous les trois, mais nous allions remédier à cette situation. Plus tard. Après que nous lui aurions fait l'amour et que nous lui aurions montré à quel point elle était parfaite. Elle ne dormirait pas ici, mais dans la maison que nous avions construite pour elle et tous les bébés qu'elle allait avoir.

Mais maintenant... maintenant il était temps de la mettre à nu et de vénérer toutes les parties de son corps.

« Tu portes une culotte sous ce petit pyjama ? », demanda Ethan.

Elle leva les yeux vers nous deux, se mordit la lèvre, puis secoua la tête en signe d'affirmation.

« Bonne fille », lui dis-je. « Maintenant enlève-la ».

RACHEL

J'AI PRIS une seconde pour tout assimiler. Ils m'aimaient et ils étaient prêts à me baiser. Je ne pouvais pas manquer leurs queues dures pressant contre le devant de leurs jeans. Je ne pouvais pas manquer leur regard sérieux, ni leurs paroles sincères.

Ils m'aimaient.

Ils m'aimaient !

Pendant plusieurs jours, j'avais l'impression que mon monde se terminait, comme s'il avait implosé et que la gravité avait été aspirée. Mon Dieu, j'étais presque étourdie d'amour.

Mais ils durent prendre mon calme pour de l'appréhension.

« Est-ce qu'on ne te pousse pas trop loin ? ». « Tu te sens bien ? ». « Je n'aurais pas dû te jeter par-dessus mon épaule ? ». « Peut-on faire l'amour avec le bébé là-dedans ? Et si on le frappe avec nos grosses bites ? ».

OK, cette blague-là me fit rire alors que j'enlevai mon short en tortillant des fesses.

« Non. Oui. Non. Oui. Et non, vous ne frapperez pas le bébé avec vos grosses queues ! ».

Ils regardaient tous les deux ma chatte et n'avaient probablement pas entendu ma réponse.

« Putain de merde, bébé, tu es magnifique. Ce petit débardeur ne fait rien pour cacher ces seins parfaits ».

« Ouais, ils paraissent même plus grands », ajouta Ethan.

Je me sentais toute petite, comme un animal sur le point d'être attaqué. Mes tétons déjà durs pointaient encore plus en les entendant.

« Je pense qu'ils sont plus grands », répondis-je. « Et plus sensibles ».

Ethan fronça les sourcils, tendit la main et tira sur l'ourlet du débardeur jusqu'à ce que je doive lever mes bras au-dessus de ma tête pour qu'il puisse l'enlever.

Ils prirent chacun un de mes seins entre leurs mains. Matt grogna et Ethan gémit.

« Ils sont plus gros », murmura Matt. Il tomba à genoux et prit un mamelon dans sa bouche, l'aspirant doucement.

Je poussai un soupir et mes yeux se fermèrent à cause du plaisir fulgurant. Mes seins me faisaient un peu mal et les mamelons étaient définitivement plus sensibles que d'habitude. Et avec la bouche de Matt dessus ? Oh oui.

Je sentis une seconde bouche sur mon autre mamelon et réalisai qu'Ethan le léchait.

Je passai mes doigts dans leurs cheveux, afin de les attirer à moi.

Je me mordis la lèvre pour étouffer tous les sons que je faisais. Je ne pouvais pas m'en empêcher. Ils savaient exactement comment me faire décoller. Leurs mains errèrent sur mon corps et quand l'une d'elle entoura ma chatte, je m'effondrai presque.

Les bras d'Ethan me portèrent jusqu'au lit. Ils commencèrent à se déshabiller et Ethan dit : « Nous devrions te donner une fessée pour nous avoir torturés, mais nous allons d'abord devoir parler au médecin ». Ses mots me firent rougir.

« Tu ne le feras pas », répliquai-je. « Nous n'allons pas demander au docteur si tu peux me fesser ! ».

Matt fut le premier nu et sa queue était aussi glorieusement épaisse et longue que je m'en souvenais. « Oh oui, nous allons le faire. Je suis prêt à mettre un frein à nos petits jeux si cela peut poser un risque pour l'enfant que tu portes... mais je ne pense pas que je vais pouvoir attendre neuf mois avant de laisser mon empreinte rose sur ton délicieux petit cul ».

Ce faisant, il attrapa une de mes chevilles et me retourna sur le ventre. Je haletai, mais quand il posa sa main sur mes fesses et les caressa, je gémis.

« J'ai entendu dire que les femmes enceintes étaient très excitées. Est-ce vrai pour toi ? » demanda Matt en passant une main autour de ma taille et en me tirant afin que je sois à genoux devant lui.

Ethan bougea pour s'asseoir à la tête du lit. Il était nu et sa queue se dressait fièrement. Je léchais mes lèvres d'impatience. Pourquoi m'étais-je refusée à eux pendant tant de jours ? J'étais excitée. Je ne savais pas si c'était parce que j'étais enceinte. Il semblait que je devenais insatiable quand j'étais entre mes deux hommes.

« C'est vous deux qui m'excitez », ajoutai-je, agitant mes hanches.

Les doigts de Matt glissèrent sur mes lèvres. « Tellement mouillée », déclara-t-il. Quand il glissa deux doigts en moi, je cambrai mon dos. « As-tu besoin d'être baisée, ma chérie ? ».

Je hochai la tête, me mordis la lèvre.

« Nous allons prendre soin de toi », me rassura Matt.

Ethan recourba un doigt. « Viens par ici et suce-moi, ma chérie, pendant que Matt baise cette chatte parfaite ».

Ma bouche salivait, avide de la bite d'Ethan. Une goutte de liquide nacrée s'écoula de la pointe et je rampai plus près, passai ma langue dessus.

Sa main passa dans mes cheveux et je me sentis toute puissante. Le lit s'enfonça un peu plus et Matt commença à me baiser avec ses doigts. Lentement et prudemment.

J'agrippai la base du sexe d'Ethan pendant que je faisais entrer et sortir sa queue de ma bouche. Il était trop gros pour le prendre en entier, mais les sons qu'il faisait prouvaient qu'il était plus que content de la manière dont je le suçais.

Mais quand Matt retira ses doigts, j'agrippai la bite d'Ethan et regardai par-dessus mon épaule.

Le regard de Matt était brûlant, sa mâchoire tendue, sa queue semblait me contempler et douée d'une vie propre. « Je t'aime, Rachel Andrews ».

Je regardai alors qu'il remuait ses hanches, s'alignait et poussait profondément. Une main se plaça sur ma hanche pour me tenir en place, mais je n'allais nulle part. En fait, je me cambrai encore plus pour le prendre encore plus profondément.

Ses yeux se fermèrent alors qu'il se livrait au plaisir. Comme auparavant, je me sentais tellement puissante de savoir que je pouvais rendre Matt totalement fou. Je savais que mon corps pouvait lui procurer tout le plaisir qu'il souhaitait et que ce serait réciproque.

Les mains d'Ethan tirèrent sur les longues mèches de mes cheveux et je levai les yeux vers lui à travers mes cils. Lui aussi était comme possédé. J'ouvris ma bouche et je le pris à nouveau, le léchant, le suçant, tandis que Matt me baisait.

J'étais là où je souhaitais être, entre mes deux hommes. J'adorais cela. Je les aimais.

Quand le pouce de Matt glissa à l'intérieur de mon intimité la plus profonde, je sursautai. Et quand il utilisa un peu de ma mouille pour enduire ce trou encore vierge et enfoncer son doigt dans mon cul, je gémis avec la queue d'Ethan dans ma bouche.

« Merde, je vais jouir ». Ethan se retira.

Matt s'était retiré et je me sentais soudainement vide.

« Hum, les gars... ».

Que faisaient-ils ? Nous n'avions pas fini. Je n'avais

pas joui. Non, ils m'avaient seulement excitée au point où j'étais prête à me finir moi-même, la main entre les jambes.

« Tu nous réunis, Rachel. Tu fais de nous une famille. Tu fais de nous une unité », déclara Ethan.

« Il est temps de te prendre ensemble. Pour te faire officiellement nôtre », ajouta Matt. Son pouce pressait encore et tournait autour de mon anus.

Je poussai sur mes mains et Matt se retira. Ma peau était luisante de sueur, chaque extrémité nerveuse picotait et en redemandait encore. Oui, je voulais ça. Je les voulais encore et encore.

« Merde, je n'ai pas de lubrifiant », grommela Matt.

Je m'assis sur mes talons, entre eux deux. Ils avaient l'air déçus, mais déterminés.

« Envie de faire de la pâtisserie, ma chérie ? » demanda Ethan.

Je fronçai les sourcils, complètement confuse par le changement de sujet.

« Tu as de l'huile de coco dans ton placard ? ».

Je hochai la tête, même si je n'avais aucune idée de ce qu'il avait derrière la tête.

Il se mit à debout et entra dans la cuisine tout nu. Avant que je puisse demander à Matt ce qui se passait, il m'attira à lui pour un baiser, un de ses bras s'enroulant autour de ma taille, l'autre en train de me saisir la tête par l'arrière.

Sa langue rencontra la mienne, j'étais folle de désir. « Je suis tellement désolé, chérie. Je t'aime. Je ne te quitterai plus. Ce bébé, cette vie ? C'est tout ce que j'ai toujours voulu, mais sans savoir que je le voulais vraiment ».

Ethan revint dans la pièce en hochant la tête. J'avais confiance en Matt, je croyais en son engagement. En son amour.

Ethan se plaça derrière moi sur le lit et me montra un petit bol contenant du beurre de noix de coco. « Je parie que tu n'aurais jamais pensé que tu l'utiliserais pour ça ».

Il posa le bol sur le lit, le prit dans sa main, frotta ses paumes l'une contre l'autre de sorte que le liquide devint plus visqueux et scintillant. Puis il passa ses doigts entre mes cuisses.

« Plus large », dit-il, la sensation de l'huile de noix de coco enrobant ma chatte.

Il tendit la main pour en prendre encore plus, puis glissa ses doigts pour recouvrir mon cul, avant de faufiler son doigt à l'intérieur. Matt me prit dans ses bras, baissa la tête et m'embrassa à nouveau alors qu'Ethan commençait à me doigter le cul, ne s'arrêtant que pour reprendre un peu d'huile de coco.

Je gémissais alors que son doigt entrait et sortait, tout en sachant qu'il allait bientôt me prendre avec sa grosse queue. J'embrassais toujours Matt alors qu'Ethan s'occupait bien de moi, mais quand un second doigt se frayât un chemin, je ne pus résister. Je haletai, m'ajustant à sa douce insistance.

Matt s'assit et me tira vers le haut afin que je sois à califourchon. « Vas-y », dit-il, me poussant lentement sur sa queue. Nous étions face à face, nos corps serrés ensemble pendant que je le prenais en moi. Entièrement. Ethan avait toujours ses deux doigts à l'intérieur de moi alors que je m'installais sur les genoux de Matt, sa bite me remplissant complètement.

Mais une fois que j'étais bien installée, mes cuisses contre celles de Matt, Ethan commença à remuer, à bouger ses doigts en les enfonçant bien en moi.

« Oh mon Dieu », soufflai-je.

C'était intense. Je fixai Matt, nos yeux ne nous quittant pas. Il me regardait, guettant chacune de mes réactions. Je levai la main, caressai son visage, ses cheveux. « Je... je t'aime ».

Il sourit, puis inclina ses hanches. Mes yeux s'élargirent alors que je frottais mon clitoris contre lui.

« Encore », haletai-je.

Il obéit.

« C'est... c'est, oh mon Dieu. Je vais jouir ».

J'allais jouir, avec Matt bien au fond de moi et les caresses d'Ethan.

Ce ne fut pas un orgasme intense, mais une onde qui me réchauffait et me plongeait dans le plaisir qu'eux seuls étaient capables de me donner. Un petit cri s'échappa de ma gorge et mes doigts saisirent le cou et l'épaule de Matt.

« Encore », soufflai-je alors que mon orgasme allait en diminuant.

Ils se mirent à bouger. Je ne faisais pas beaucoup attention, car j'avais encore envie d'eux, toujours plus. J'aimais quand ils me pilonnaient, quand j'étais leur créature de plaisir. J'en avais besoin. J'en avais besoin car je savais que cela me donnerait un orgasme puissant.

Quand j'ouvris les yeux, Matt était à plat sur le dos, les genoux fléchis et ses jambes suspendues au bord du lit alors que je le chevauchais. Ethan se tenait sur le bord, sa main sur le matelas à côté de moi alors qu'il se penchait sur moi. Matt était toujours bien au fond de moi.

« Il est temps de bouger, bébé », dit Matt, en utilisant ses mains sur mes hanches pour me soulever et m'abaisser lentement. Je gardai le rythme pendant que les doigts d'Ethan s'enfonçaient en moi, puis je sentis quelque chose de plus grand. De plus épais. Sa bite.

« Chevauche Matt pendant que je baise ton cul », dit Ethan, pressant doucement contre moi, essayant de m'ouvrir. Il m'avait bien préparée. L'huile de noix de coco brillait et il m'avait bien enduite.

« C'est bien, tu t'offres bien à moi. Inspire profondément, laisse-moi faire. Comme ça, c'est bien », dit-il.

Je poussai un cri alors que je sentis sa queue entrer. Inconsciemment, mon corps le rejetait alors qu'en esprit, je le voulais tout entier.

Les yeux de Matt s'élargirent et je le fixai, sachant pour la première fois, ils me prenaient ensemble.

« Tellement bon, bébé. Parfait », murmura-t-il.

Ses yeux se refermèrent alors que je tortillais mes hanches, le prenant profondément. Ses mains me saisirent, me tenant toujours immobile.

« Il est temps que tes hommes te baisent ensemble », dit-il en reculant puis en s'enfonçant profondément.

Je poussai un cri à nouveau, alors qu'Ethan se retirait. Ils alternaient leurs mouvements. Lorsque la queue de Matt était bien enfoncée, celle d'Ethan se retirait afin qu'il y ait toujours une bite en moi.

Mes mains agrippèrent l'édredon et je cambrai le dos encore plus. C'était trop. Ils étaient trop.

« Je... oh, je ne peux pas, c'est... ».

« Viens, Rachel. Jouis pour tes hommes ».

Les mots d'Ethan me poussèrent au bord du gouffre. Avoir les deux en moi, me baisant, était une sensation que je n'avais jamais connue auparavant. Je coulais. Je leur appartenais.

J'étais aimée, choyée.

« Oui ! », hurlai-je, alors que mes parois intérieures se contractèrent, enfermant encore un peu plus leur sexe. J'étais déjà enceinte, mais mon corps en voulait encore plus. Il désirait leur essence même.

Ethan fut le premier à jouir, alors qu'il était bien au fond de mon cul, et qu'il se tenait immobile. Sa respiration irrégulière remplit la pièce alors qu'il se retirait doucement. Je sentis sa semence glisser de moi alors que Matt me poussait, afin que je prenne une position assise. Il agrippa ensuite mes hanches, me souleva et m'abaissa là où il voulait que je sois. Je poussai vers le bas, jusqu'à ce qu'il jouisse, lui aussi. Je sentis sa queue se gonfler, puis me remplir, alors qu'il me tenait fermement.

Je lui souris. J'étais ravie d'avoir pris les deux, que j'avais pu jouir moi-même, mais plus encore, que je leur avais procuré du plaisir.

« Qui est la reine du rodéo, désormais ? », demandai-je, une note taquine dans la voix.

Matt sourit, me souleva pour me déposer sur le lit à côté de lui, alors qu'Ethan était dans la salle de bain pour se nettoyer, avant qu'il ne nous rejoigne sur le lit.

« Toi. Toi, à n'en pas douter », murmura Ethan en m'embrassant l'épaule.

« C'est vrai. Matt n'a tenu que huit secondes. Je suis resté plus longtemps que ça ».

Matt se retourna, m'écrasant presque. « Ouais, mais on pourra réessayer autant de fois qu'on le voudra ? ».

Je le regardai, ainsi qu'Ethan. Ils me regardaient, le visage souriant. La paume d'Ethan reposait sur mon ventre.

« Toute la nuit », leur dis-je.

« C'est tout ? », demanda Ethan. « Et pourquoi pas : pour toujours ? ».

Je souris, caressai leurs visages. Oui, ces hommes étaient à moi. Tout à moi. « Oui, pour toujours ».

Lisez Faites-moi votre ensuite!

Lacey possède la gloire et la fortune. C'est tout ce qu'elle a toujours voulu. Ou pas ?

Quand elle fait la une des journaux, elle en a assez.

S'échapper dans un ranch à Bridgewater est l'endroit idéal pour se cacher. Mais quand deux cow-boys sexy décident de la prendre, est-ce pour quinze minutes de gloire ou parce qu'ils la veulent avec eux pour toute l'éternité ?

Lisez Faites-moi votre ensuite!

CONTENU SUPPLÉMENTAIRE

Devinez quoi ? Voici un petit bonus rien que pour vous. Inscrivez-vous à ma liste de diffusion; un bonus spécial réservé à mes abonnés. En vous inscrivant, vous serez aussi informée dès la sortie de mes prochains romans (et vous recevrez un livre en cadeau... waouh !)

Comme toujours... merci d'apprécier mes livres.

https://vanessavaleauthor.com/bulletin-francais/

OBTENEZ UN LIVRE GRATUIT !

Abonnez-vous à ma liste de diffusion pour être le premier à connaître les nouveautés, les livres gratuits, les promotions et autres informations de l'auteur.

livresromance.com

TOUS LES LIVRES DE VANESSA VALE EN FRANÇAIS:

https://vanessavalelivres.com

À PROPOS DE L'AUTEUR

Auteure à succès reconnue par USA Today, Vanessa Vale écrit des histoires d'amour exaltantes avec des bad boys qui ne se contentent pas de succomber à la tentation de l'amour : ils tombent follement amoureux. Elle a écrit plus de 75 livres qui se sont vendus à plus d'un million d'exemplaires. Elle vit dans l'Ouest américain où elle trouve toujours l'inspiration pour sa prochaine histoire. Bien qu'elle ne se débrouille pas aussi bien que ses enfants sur les réseaux sociaux, elle adore échanger avec ses lecteurs.

https://vanessavaleauthor.com

facebook.com/vanessavaleauthor
instagram.com/vanessa_vale_author
bookbub.com/profile/vanessa-vale
tiktok.com/@vanessavaleauthor

www.ingramcontent.com/pod-product-compliance
Lightning Source LLC
LaVergne TN
LVHW011818060526
838200LV00053B/3828